世紀文庫
文學 008

太平洋探戈

嚴歌苓 著

太平洋探戈

目次

太平洋探戈

我是先後認識他們倆的。這先、後僅隔一禮拜。我在美國生活的這些年，變成了一個愛搭訕的人。什麼樣的人我一搭就能搭上：巴士司機、狗髮型師、越戰老傷兵、長跑者、遛狗人。那一陣我在好萊塢混電影編劇的事由，常去三號街。我就在三號街和他倆先後搭上訕的。

三號街也叫步行街，不長，一公里光景。我就在這同一地點不同時間反復見到他們。現在你們明白我的意思了：他們在反復錯過彼此。

我相信，錯過是一種編結形式。你交錯過來，我交錯過去，你進、我退，你前匐、我後仰。你們看，完美的舞伴以最巧妙的錯過編結他們緊密相連的隊形。

我和他們搭熟了後，他們把身世一點點告訴了我。我發現錯過使他們在相遇之前，兩人的背景就已編結起來。

下面，我就把這兩個人介紹給你們。

*

三號街等於北京的天橋。不到一里長的馬路上，每個人都做著他自己拿手的一樁事，並以它掙錢。他們不知道大洋彼岸的中國人管它叫作「賣藝」。他們都不這樣看事情，不帶古老的成見來命名任何事情。因而毛丫來到此地頭一個忘卻的概念，就是她其實是個賣藝的。

毛丫在傍晚六點準時到達步行街。她的攤位在街的中段。她得走過七、八個攤位才能抵達。頭一個攤主總是吸引最多的人。他是個九歲的男孩，夏威夷或索莫娃人，像所有的美國胖兒童一樣長著嬰兒的圓臉蛋。有人說他實際上有十四歲了。但他父母發現歲數小在踱步街是個優勢，因此他們絕不肯放棄。男孩抱著吉他，身體左右晃動，竟也唱出醉生夢死的模樣。

毛丫不清楚男孩的哪一點令她不適，是他嬰兒臉蛋上的性感表情，還是他尚未成熟就已成老油條的臺風。

她在六點十分準時開始表演。在此之前她得換鞋、熱身，同時定定神。她的背囊裡盛了八只瓷碗、八個盤子、兩把瓷勺。在表演前她不喝一口水，也不進一口食。她先拿一把頂，然後翻一串簡單的筋頭，把場地劃出來。街那頭的烤肉氣味和拉丁舞曲飄過來，強行擴張了嗅覺和聽覺的空間。毛丫是靠拿頂和翻筋頭來定神的。之後她開始扳腿。她扳腿不是手先扳住腳，而是腳自己伸上去，如同鐘錶的指針，從「六點」朝「十二點」倒著走，超過肩的高度，手才上去，接住腳後跟，不是扳，而只是領領路，把它領到太陽穴的位置。於是在別人來看，毛丫的腳和腰是靈長類的另一番進化結果，具有一套不同的功能。

其實不必再往下看，就明白毛丫的水平了：不僅專業，而且是國家健將級專業。內行的人看，會覺得這身懷絕技的二十四歲女子為三號街上的人們表演，是極大的浪費。這些人從街的一頭遛到另一頭，有什麼看什麼，有什麼吃什麼。他們來這兒是找樂的，而太精湛太地道的玩藝欣賞起來比較費神。美國人在許多事上都能找樂，卻在很少一些事上費神。

這是毛丫在三號街的第三百零四場表演。就是說她在美國做黑戶口已將近一年。十分鐘的熱身後，毛丫渾身溶解一般，出來一層柔軟的濕潤。三號街離太平洋不遠，炎熱在盛夏也聚不住，傍晚一起風，溫度迅速下跌。但毛丫感到一股溫熱貫通了她的四肢，全身狀態逐漸到了火候。她將第一只碗擱在腳尖上。這腳上套著一雙黑色羊皮軟底鞋，側面繡了一條金紅的龍。她的腳穩穩舉著那只碗，然後細細地掂量，似乎要告訴你它具體有幾兩幾錢。它就是一只普通的中國青花瓷碗，在中國鄉村，你在貧窮富裕農家的紅白喜事餐桌上常能見到。

就在毛丫的腳掂量這只青花瓷碗時，踱步街上油膩膩的嘈音在她知覺裡淡去了。她心裡此刻靜得像一眼很深的井。那種深不見底的靜寂你能從她眼睛裡得到證實。隨即她的腳將青花碗踢起來。更像是那腳將碗發射了出去。青花碗劃出白中透藍的弧線，落在她頭頂正中。

四、五個人站下來了，看毛丫正將第七只碗擱在腳尖上。它著陸在第六只碗上，沒有一點切磋，只有篤定的「叮」一記輕音。他們看地上只剩下最後一只碗了，便朝那碗裡投了一把硬幣。毛丫將盛硬幣的碗也擱在腳尖上。

人們靜下來。靜得有些動機不純：這下要你好看了。

毛丫兩眼看著正前方，深吸一口氣，腳再次踢起。碗和硬幣各走各的，卻在空中編成一個隊形。它守著嚴格的次序，落定時便有了一串聲音，清脆而清晰，如同京劇板鼓佬緊敲的木魚，再急驟，每一下都不含混。

但誰也不懂毛丫這一招有多絕。他們不是看門道的人，只懂看熱鬧。於是他們便熱鬧地為毛丫鼓起掌來，並朝她面前又扔了幾個硬幣。

十分鐘後，最初鼓掌的人早走遠了，後來的一群日本觀光客比較有耐心，他們矮小而沉默地站在一旁，頭上是一模一樣的帆布棒球帽，目光隨毛丫單調的動作一上、一下。他們中的兩個年輕男子相互使了個眼色，意思是：只要堅持看下去，一定能看到她失手。不是她砸碗就是碗砸她，那一大摞碗砸她個劈頭蓋臉，那可是不可錯過的精彩時刻。沒辦法，他們是有憂患意識，熱愛悲劇的民族。

但毛丫兩輪已踢完，八個碗走得流暢、秩序。她最後把一摞碗全擱在腳尖上，一下全踢起來。八個碗一齊落定在她頭頂時，竟連瓷器相碰撞的聲音也沒了。

兩個日本人也耐不住了，覺得這麼萬無一失的把戲不大夠刺激。他們聽領隊嚷嚷，便順著鞠躬的勁往毛丫跟前擱了張五元鈔票。毛丫兩條年輕柔韌的腿還是值得他們這點破費的。

不久，就在毛丫踢碗的攤位上，緊挨著跳「桑巴」的一群哥倫比亞人，羅杰擺開了畫攤。他畫炭筆和水彩兩種肖像。付二十圓，他給你畫張炭筆的，三十五圓到四十圓，水彩的，他免費贈一個簡易畫框，一切都老實巴腳，誠懇公道。假如三號街人群中有內行些的，會發現這條街不配羅杰。但羅杰一點不覺得寃得慌，他覺得能在三號街有一席之地是極大幸運。三號街上各種族的人都有，也就不對他這個澳大利亞人見外。羅杰自然不知道，他在著名的三號街首次得到的攤位，屬於一個中國的年輕雜技藝人毛丫。

＊

毛丫十八天就跟了毛師傅。準確地說，是毛師傅在她十八天大的時候領養了她。毛師傅那年五十四歲，去昆明觀摩雜技匯演。毛師傅在北京遠郊的一個縣城做雜技團團長，但他在雜技界聲望，遠大出那個縣城。北京的雜技團都怕毛師傅，因為毛師傅說：「你們也就能出出國，糊弄糊弄外國人。」

毛師傅乘的那班火車誤點，一誤誤了十來個小時。躺在長椅上睡覺的毛師傅被貓叫聲吵醒。再聽聽，發現那貓就在他的長椅下面叫。

十分鐘後，毛師傅抱著一個盛在鞋盒子裡的嬰兒發楞。裡面的那封信是孩子母親寫的。她是農場知青，自己無望養活這孩子。若是孩子命大，就讓她長大孝敬收養她的好心人吧。信很短，但毛師傅念完心都要停跳了。他抱著鞋盒去找車站領導。一個清潔女工說，半夜三點哪來的領導？再說領導早讓這些遍地下崽的知青們煩壞了。他們正鬧大回城，這座車站隔幾天就會出現一個這樣的無名氏孩子。清潔女工說她可以幫忙把孩子交到車站的臨時育嬰室去。

毛師傅吃一驚，連育嬰室都有了?!

女工說那怎麼辦呀？好歹給他們餵口稀飯，奶粉太缺了，名正言順的爹媽為孩子買奶粉，還按定量。

毛師傅看看這個不足四斤重的孩子，心想她要是從今夜就開始吃稀飯，恐怕永遠就得待在鞋盒裡了。他抽著煙，抱著鞋盒來回走，孩子緊攥著兩個瘦骨嶙峋的小拳頭，很好地睡著了。

火車上三天兩夜，毛師傅經歷了無數次絕望。孩子有一次哭著喊著，調門一點點爬高，冷不防出來個休止符，往下便是持續沉默。毛師傅拍她、搖她，沒任何效果。毛師傅急得兩個太陽穴濕漉漉的都是汗。他問他的左右鄰座：鞋盒裡這條小命是不是就此完了。鄰座們頭痛欲裂地說：天曉得，這麼個小東西還這麼能鬧人。一位鄰座說：老大爺，有您這麼抱孩子的嗎？頭比腳還低？這位鄰座是個女軍人。人們正為那中斷的哭聲擔著驚，女軍人跑到列車廣播室，請求廣播員用大喇叭找一個哺乳期婦女，卻沒有一個候選奶媽到廣播室報到。女軍人領著毛師傅在橫著豎著塞滿人的車箱裡走，從一頭走到另一頭，發現抱嬰兒的女人，她便專橫地一擺下巴：「這位女同志，跟我來。」

女軍人拉壯丁拉來三個年輕母親。她們輪流給拾來的孩子餵奶，換尿布，並告訴毛師傅，孩子小是小了點，但吮奶的勁很大，一時死不了。剛才不過是哭得太累，也餓慘了，哭到一半便睡著了。女軍人還在總動員，蹭到了幾十塊手帕，四五串鮮雞蛋，一聽麥乳精。只有手帕派得上用場，毛師傅用手帕給孩子做了尿布。火車達到北京時，毛師傅換尿布已換得相當順手。

在北京轉乘長途汽車時，毛師傅心裡一陣後悔。他覺得自己帶回個不足四斤重的孩子實在莫名其妙。他有一剎那簡直想把孩子悄悄留在汽車上，讓她落到年輕些的好心人手裡。毛師傅和許多優秀的男人一樣，非常怕老婆。他怕毛師娘邊哭邊囉嗦，說他撿個孩子回來是罵人，罵她生不出孩子。說到底，毛師傅和許多優秀男人一樣，就怕愛掉眼淚的女人。

長途汽車在途中加水時，毛師傅找到一家郵局，給雜技團掛了個電話。

「回來還不好好回來，打什麼電話呀？」毛師娘嬌嫩地回他一句。

毛師傅想說他不是一個人回來的，還有個二十一天大的孩子。但毛師娘在那頭直喘，他想她一路跑到門口傳達室急切喜悅的樣子，不忍心讓她的好心情早幾十分鐘被破壞。

「……家裡有吃的嗎？」他忽然來這麼一句，馬上意識到他是想探聽一下，看有沒有給孩子吃的東西。他在北京車站買了兩包奶粉，花掉了他身上所有的錢。那奶粉卻怎麼泡怎麼起團，大團子捺下去，小團子把橡皮奶嘴也堵住了。

「昨晚烙了餡餅。還說等你回來吃晚飯呢。」毛師娘說。

「火車誤點了。」毛師傅說：「磨了豆漿沒？」

「晚飯磨什麼豆漿啊?!」

「磨點吧。」

「還專門打電話回來派飯！」毛師娘口氣是兇點，就像大部分賢良女人一樣。但毛師傅知道昨晚沒等到他，她連一個餡餅也沒捨得吃。「車站等著我，我騎車來接你！」

「不用接！……」

毛師娘那頭已掛斷電話。毛師傅想，說了那麼多話還說不到實話上，毛師娘一定饒不了他了。他四下看一圈，又看看鞋盒裡的孩子。馬上又想，自己這樣賊頭賊腦什麼意思呢？是想讓這條小性命在二十一天的壽數上就經歷兩場拋棄？她父母缺德，那我呢？他不由得把鞋盒抱緊了些，再讓胳膊將它輕輕悠晃。孩子醒著，此刻不得法地堆出一個笑來。

半小時後，毛師娘在縣城長途汽車站接到毛師傅。她看見他頭髮添一層灰白，行李一前一後搭在肩上，騰出的兩個手抱個鞋盒。他走得很慢，兩手像托了塊豆腐。

毛師傅趕緊說等到一找到適合地方，就把孩子送走。毛師娘竟沒發大脾氣，只在半夜孩子啼哭時說，你倆睡廚房吧。他家一共就一間屋和一間廚房。

雜技團的男女老少都來串門看孩子。大家問哪兒來個這麼袖珍個小丫頭？五十歲的毛師娘說他們廢話，當然是她十月懷胎生的。大家說，喲，眼睛夠大的，毛師娘說那可不，像她姥爺。她給人們沏茶拿煙，戲做得越來越真，連她自己都覺得這些人就是來給她和孩子賀滿月的。

毛師傅第一次教毛丫劈叉，毛師娘提著鍋鏟行進臥室，叫他別打她閨女的主意，她閨女不學那個。但到了毛丫五歲，她發現毛丫在院子的水臺上拿頂，還有一圈人給她掐錶：「三分鐘啦！……五分鐘啦！」大家一看毛師娘七竅生煙地拎著水桶站著，立刻一哄而散。她逮住十三歲的學員八豆，他立刻把毛師傅偷偷教毛丫練功的事叛賣出來。

毛師娘晚上和毛師傅彆扭。毛師傅見她掉眼淚便立刻說，哪兒是真練功，就教她兩招玩玩，不然她在雜技團的孩子裡多孤單，別人玩的她都不會。毛師娘問：你是她親爹還是後爹？親爹就該教她讀書寫字。毛師傅說：我也願意教她寫字，可我自個兒也寫不了幾個字啊。毛師娘還是掉淚。她想自己和毛師傅的確是沒大指望的，從小就拿頂，腦袋裡就算有幾滴墨水也早倒光了。

「那就讓咱閨女學樂器。現在北京的孩子，只要爹媽混得還行，都讓他們學鋼琴。」毛師娘說。

「哪兒來的鋼琴吶？」毛師傅發愁地看著妻子。

「買把小提琴。北京的孩子學小提琴的也不少。」

毛師傅的團裡一共有四個小提琴手，都從二胡改行改過來的。毛師傅反正也聽不出他們的提琴拉得一股二胡腔。他便請了其中一個教毛丫。毛丫學了三天就又回去拿頂了。毛師傅對此只裝傻。

毛師娘拒絕給毛師傅發香煙和每天晚餐的二兩二鍋頭。她自己倒又抽又喝。毛丫給父親夾菜，把帶魚刺還給他挑出來。毛師娘受不了女兒對她爸爸的偏心眼，她心想豁出去了，大不了一家三口做半文盲，吃同一碗沒出息的飯。毛師娘自己是個鋼絲演員，二十五歲那年摔下來，摔壞了腰。現在她只管服裝的洗曬熨燙。

毛師娘認真教起女兒來，她親自給毛丫扳腿下腰，讓毛丫抵著牆站著，繩子一頭拴住她的腳踝，再讓她自己扯住繩子另一頭把腳往腦袋上拽。這樣一站站半小時，再換另一條腿。然後她抱著兩條胳膊，問毛丫：「你為什麼要學雜技？」

毛丫疼得哆嗦，說：「我樂意。」

毛師娘點點頭。過了幾天，她再問毛丫：「還樂不樂意了？」

毛丫這時頭上頂著一碗水，正耗頂。她好不容易才在倒置的身體中找到嗓音。她說：「樂意。」

毛師娘把她耗頂的時間一點點延長，延到二十分鐘，毛丫頭上那碗水翻了。毛丫哭起來，說她不樂意了。

毛師娘說：「你可想好了。要是你不想練了，從今兒往後，不准再練。別讓你耗頂你不樂意，悶了，閒得難受了，又來。這可不是讓你吃飽消食解悶的，懂不懂？」

毛丫哽噎著，點點頭。

「再想練，你得跪下求我。」

五天之後，毛丫給毛師娘跪下，說她改主意了。

這樣反復幾回，毛師娘終於結論性地說：「得啦，這回你跪多久也別想讓我動心。」

毛丫發誓賭咒，跪著不肯起來，晚飯也不吃。

「那你就好好跪著吧。」

毛師傅氣壞了，說毛師娘真是不折不扣的後媽。

「後媽？」毛師娘喝著棒子麵粥說：「後媽才犯不著呢！以後練成個二半調子，就跟我似的，摔成廢人，後媽心疼嗎？我小時候練功，要有個當家親媽這麼跟我較真，我廢得了嗎？」

毛師傅說：「起來吧，起來吧……」他見妻子惡狠狠瞪著他，便改口：「起來吃了飯，咱接著跪。」

毛丫卻一直跪到父母吃完晚飯。毛師娘點上香煙，端了杯茶，往毛丫面前一坐。

「知道我為什麼不讓你起來嗎？」

「我說話不算數，賭了咒也不算。」

「啊。還有呢？」

「……」

毛師娘把煙抽得只能用前門牙仔細銜著。她掐了煙，告訴毛丫她不是耍雜技的好坯子，腦袋太大，腿太長，腰太硬，肩太窄，還有三分燒雞背。這就意味著毛丫大有苦頭可吃，除非她想做個龍套，稍微上點歲數就去賣醬油。團裡有兩個女演員生了孩子後去賣醬油了。

毛丫聽毛師娘把嚴峻局勢分析完畢，眼神呆鈍了。

「你說我要是後媽，你將來賣醬油，關我什麼事？……這行當，是世界上最苦的一行，還是玩命的一行。只有親媽，才能讓你每一步都走紮實，哪一步都不准你偷工減料，以後你玩命的時候，媽心裡明白，你玩的本錢有多大。明白了嗎？」

毛丫看著她。毛師娘這樣猙獰的時間不多，因而毛丫認為她這回是真沒退路了。睡了多年懶覺的毛師娘開始上鬧鐘，早晨六點準時起床。陪毛丫練功。毛丫一出來哭臉，她手上的教鞭就上下彈動。毛丫頭上頂一摞碗，累得背更馱了，毛師娘說她這就往碗裡舀粥。毛丫白她一眼。她問是不是她在心裡叫她後媽。毛丫說，後媽倒不像，像個地主婆。母女倆每天的教學就在這樣的鬥嘴中度過。

*

就在毛丫第一次踢真的瓷碗時，羅杰向雪梨城的一個青少年繪畫競賽寄出了他的畫稿。他站在郵局，心情有些灰敗，似乎寄出的畫是他畫作中最糟的一張，現在他只是懷疑自己的蹩腳，就怕寄出的那張畫將以落選來證實他的懷疑。他看著自己牛仔褲上的顏料，猶豫著是否向郵遞員把畫要回來。他在毛丫踢碎了一百多只碗這年，長成了一個又細又高的少年，有張馬駒般的長臉，一雙天藍色眼睛，膚色非常漂亮，是闊佬們花許多錢在海灘上烤製出的顏色。

羅杰這年十五歲，比毛丫大七歲。

羅杰走出郵局。澳洲十一月的暮春亮得人目眩。一群蒼蠅向他撲來，在他臉上、頭上起起落落。他的頭髮給這兒過盛的陽光漂白了。你可以說他是個銀髮碧眼少年。他見祖母坐在馬路對面的露天咖啡館，一對肥大的蒼蠅落在她鮮紅的唇膏上。她仰面哈哈笑著，蒼蠅們被她放開的嘴拆開。牠們和她誰也不打攪誰。

他和父母、祖父母一起，生活在父親的農莊裡。他們有上百頃草場，因而當羅杰看你的時候，你會發現他有種原野的目光——那種看慣遠距離的目光。父親養著大群的奶牛和綿羊。羅杰在以後的一生中，對於懷舊的感覺就是電剪在牲畜身上犁翻土灰色羊毛時，那一股熱哄哄的氣味。他畫的畫都是那些臨時雇來的男女工人。他喜歡畫他們永遠陌生的面容。他們工作一季休假三季，走走停停，在哪兒找到活兒就在那兒待下。像是遊逛累了，找活兒幹是為了住下歇歇。

羅杰羨慕他們的自由。他們沒有祖父祖母和父母，沒有把他們囚住的上百頃草場。他們把世界都走成他們自己的，把他們自己的再給羅杰。他們把雪梨、墨爾本、坎培拉帶給了他。他跟著他們對各個城市有了好惡：坎培拉太沉悶，沒勁，鳥叫得比人對話還有趣些；雪梨太邪惡，妓女傲慢勢利，但充滿歡樂的細菌；墨爾本煞有介事，人人都像律師和會計師那樣乏之味。他們說到一個奇怪的地方，叫唐人街，住著一些奇怪的人，叫華人。他們要麼一聲不吭，要麼大喊大叫。他們越高興越吵鬧，一個館子裡的人高興起來，每個人的噪音都必須蓋過其他人，否則他連自己說的什麼都聽不見。

每年來農莊報到的工人必有湯米。他是個永遠半醉的小伙子，臉上一抹酒徒特有的無恥微笑。他說華人的妞兒個個招人疼愛，嫩呼呼的皮膚，小小的腰身，夏天露出胳膊腿來，天然的光溜，不像白種女人得渾身剃毛才光溜。

就在剪羊毛的時節，來了個馬戲班。

羅杰和湯米一同到鎮上看馬戲。馬戲班在鎮上中學的足球場拉起帳篷。一共三頂帳篷，最大的那頂做劇場用，高大寬敞，跑得開馬也飛得起摩托車。另外兩頂很小，做男女寢室。一輛載獸的加長車上，有三個巨大的籠子和兩個馬廄。

這是個不怎麼樣的馬戲班，魔術師耍弄的全是些老掉牙的戲法，小丑知道自己不滑稽，一上臺就是湊合演完好交差的態度。他不是來逗你樂的，而是來噁心你的。羅杰懷疑他至少有六十歲，患過中風，並有嚴重糖尿病。所有的節目和節目之間都有很長的冷場，有時老小丑會出來串串場，討些沒趣。但有時乾脆就讓觀眾看著空空蕩蕩的場子等候。人們心也等慌了，認為，後臺一定是死了獸或死了人。

但那個馴虎女郎一出場，人們馬上精神一振，瞌睡和煩躁頓時消散。女郎是個亞洲姑娘，十七、八歲。她一個騰空筋頭翻出來，手上打了個清脆的響指，兩隻巨形老虎便竄上場子。或許牠們並不那麼龐大，只因為她出奇的嬌小而襯得人和獸比例懸殊。也因為那懸殊的比例，場面十分驚心動魄。

羅杰咬著膠姆糖的嘴張開了，天藍色眼睛此刻有些微微鼓凸。

女郎披一件黑紗斗篷，上面綴的珠子像夜空中的一群螢火蟲。她背後是齊腰長髮，頭頂用了一個水晶皇冠把長髮勒住，這樣，隨她怎樣去風火，那些頭髮絕不礙她的事。熱帶雨林的長髮，稠密而野性。她出奇地嬌小，但那完美的四肢比例，恰到好處的發育使她看去並不矮，倒是讓羅杰懷疑，世上其餘的人與物尺寸都錯了。女郎矯健而嫵媚，使荒野的兩隻大虎給了她令人膽寒的極致裝飾。

她手勢戲謔地請兩位老虎坐下，然後解下黑紗披風，裡面一個珠光寶氣的胸搭和一條黑絲絨緊身褲，腳上一雙軟底皮靴，手上是黑緞手套。這樣小一個人，卻有山有水，羅杰從沒見過這樣「迷你」號的兩丘乳房。更讓他不可思議的是她的表演，她不是在馴虎，而是讓牠們給她伴舞。她自信、勇猛，每一個逗耍或哄誘的同時，她都給觀眾一個俏皮的眼色，是邀請所有人陪著她逗老虎玩。她情緒很高，招招式式都出彩，讓你羨慕她如此獨享一份歡樂。所謂獨享，是這歡樂只有她享受得起。那是從恐怖、懸疑中得到歡樂。

她做了一個又一個驚險動作，心情簡直好得要命。人們覺得她狂熱地愛著她正做的這樁事物，又像是她根本不拿它當回事。有幾回她得意忘形了，把頭湊到老虎的面孔前面，並轉向觀眾，粲然一笑。羅杰的心提到喉口，他想這回老虎要給逗急了。他心裡念著，好了，夠了，你了不起。他眼睛已開始躲避，生怕真看到老虎一爪子把她搔過去，送進岩洞般的嘴裡。她卻伸手拍拍牠的腦袋，像在拍哄巨形貓咪。

然後她點起火圈。

所有人的屁股此刻都只剩四分之一在凳子上。一個拿捲筒冰淇淋的女孩任巧克力和著奶油溶化，順她小臂稠濁地淌到胳膊肘……

馴虎女郎慫恿老虎向火圈裡鑽。老虎遲疑了，不太高興地「哞」了一聲。她向觀眾聳聳肩：大家看看，兩位老虎都這麼情緒化。然後她一把捋過腦後長髮，絞了幾把，將髮梢咬進嘴裡。羅杰尚未反應過來她這套準備工作是為了什麼，她已向後退了若干步，接著一個暴發式起跳，落在彈板上，被彈射出去的她在空中轉了兩個圈，從火圈上端飛過。

兩位老虎是極要強的，受不了她先於牠們出了風頭。馬上跟她比著出生入死。一會她已點燃了三只火圈。漸漸的，成了五只。場上一片火光，號角四起，觀眾也站立起來，但全都一聲不響，半張開或全張開的嘴裡含著膠姆糖、玉米花、奶酪，靜止在一個無聲的狂呼上。他們高大壯實地站在地面上或凳子上，和場上一同燃燒。號角聲熱辣辣的，火上澆油一般。表演在女郎騎馬領著兩隻虎出沒五個火圈時達到沸點。

鼓樂剎時沉寂，她蹦跳著向觀眾走來，屈膝謝幕。笑容小小的，領情也是點到為止，一個多餘的動作也沒有，一點都不跟你們囉嗦，下臺去。

羅杰在幾分鐘後已跑到大帳篷後面。女郎正在脫靴子，手撐著一棵樹，腿有些軟似的。她變成了另一個人，表情淡淡的，也不同周圍的同事們多話，身體裡一觸即發的力量全消失了。她拿了個杯子，接了一杯白水，慢慢喝著，朝小帳篷走去。對於被她征服的那麼一大群人，以及兩隻大虎，她已不再感興趣。

羅杰從窗子看見她抱起了什麼，背影左右晃動，機械的，充滿睡意般溫存的晃動。帳篷裡燈光昏暗，他只看得見她身體的剪影。她的確十分的小，也的確是小而全的完美。

這時他終於看清她抱的是個嬰兒。

她解開綴滿寶石的胸搭，露出一隻乳房，把嬰兒的嘴合攏上去。有人進來換衣服或取東西，她便將身子側過來，以一個肩擋住她幾乎全裸的上身。她連打了兩個哈欠，用手背拭一下眼睛。她這時望著窗外，眼睛眨得很慢，眼神也不靈活，卻有一點甜意。她忽略著一切，包括窗外夜色裡的羅杰。她似乎也忽略著自己懷中的孩子，一切都自然得她可以如此忽略。此刻的她就是在老老實實做一個母親，有些無奈，卻又天性使然的有些享福。她把嬰兒抱直，拍打著他的脊背，然後將他換到另一隻乳房上。大概先前那個乳頭冒了乳汁出來，她用一塊紙巾捂上去，捂一會，又擦拭幾下，動作滿不在乎。

嬰兒最多一個月，她以一個小小的巴掌就能將他固定在那裡。她從分娩到此刻，尚不足一個月。這是為她拜倒的一大群觀眾萬萬沒想到的。

羅杰心裡出現了一股莫名的感動。甚至比剛才在看舞臺上輝煌的她感動得更深切。不，此刻是另一種感動：她是一個多好的小母親，一個天生的小母親。他還感動於那美麗的小乳房，那麼小，竟盛著那麼多乳汁。

羅杰在第二天中午放學後，碰見馴虎女郎在鎮上的洗衣房洗衣裳。她將孩子兜兒在胸前，身後的烘乾機單調地轉著。一堆已洗淨烘乾的衣物擱在桌上，她慢慢疊著。

羅杰走過去，看到的就是這一個場面。他只得再走過來。第二次他看見了她穿的是條褲腿一圈毛邊的牛仔褲，頭髮盤成個大髻，別住它的卻是一對紅色塑料筷子。他還想再看一些細節，或看到什麼事情發生，便又折回頭，再來一次路過。她唯一的額外動作是轟那些襲擊嬰兒的蒼蠅。

一大群人走過來，羅杰馬上結束這世上最短的往返旅程。他認出他們是馬戲班的人，剛在一家餐館吃了午飯，仍在繼續著餐桌上的玩鬧。

他想她是同他們玩鬧不到一塊，還是為了孩子能睡得安生些而躲開他們呢？

他在鎮上的公共圖書館翻了幾小時畫冊。太陽沉下去後，他來到馬戲班駐地。她正在練那個彈板空翻。這次他能把她的面容、表情看清了：她在踏上彈板的剎那五官突然走樣。羅杰無法對這走樣做出恰當的形容。他想或許那是剎那間的靈魂出竅。她並沒注意到他在看她，要麼是她不在乎給人看。她還是一次一次地起跑、騰躍、落地。有時她上到跳板上突然停住了，站在那裡喘得胸脯忽大忽小。這時刻他認為看見了她的恐怖，她眼睛裡那伸手不見五指的黑暗恐怖。但再去看，他想那大概不是恐怖，而是兇殘，是自己同自己決鬥的兇殘。

她一遍一遍地重複，每個筋頭都不存萬一，連著陸點都相同。離跳板兩米遠，地面上鋪上一層鋸末。她的一次次的著陸在鋸末上沖出一個不大的渦旋。他看不出她還在錘鍊什麼，她的動作已去盡了雜質。她就那樣跑、躍起、翻騰、落地，一旦落地，她的身體會出現一種「安全渡到彼岸」的輕飄。她便這樣輕飄地走回來，走得很慢，拖延那輕飄的感覺，快要走到起跑點時，她又有了心病似的，眉宇間出現了壓力，壓力很快進入她全身，她再次進入一個新的周而復始。

她終於告一段落，朝帳篷走去，那裡已集聚了正在化妝的演員們。她走過羅杰，他問她一聲晚上好。她輕微地吃一驚，臉龐和脖子濕淋淋的全是汗。她微微一笑，他是從她的忽略中冒出來的。他說全鎮的人都認為她精彩。她說謝謝。他說不客氣。她說我們原來打算在這個鎮演四場，可是沒人買票，明天就要開拔了。他一陣語塞，見她要走開了，他忽然又開了口。他說其實大家只為了來看她一個人表演的。她說難為大家了。她走了兩步遠，他在她身後問，馬戲團下一個演出地點在哪裡。她說往南五十哩。他說：祝你今晚演出成功。她笑得不那麼陌生了。他又說：你們明天就要走了嗎？她說沒辦法，得走了。他說好遺憾。她說可不是。

羅杰在向下一個鎮子進發時，他想著為嬰兒買一點小禮物。得買他買得起的，又不能純粹是意思意思。他不知為什麼不妒嫉嬰兒的父親。女郎身旁從沒出現過任何和她親近的男人，但他無疑是存在的。

他沒有足夠的錢買馬戲票，只有在大帳篷外面等她上場前和下場後的短暫出現。馬戲團的人誤以為他是臨時雇來打雜的，時常差他遞個道具、搬搬重物。這樣他有了近距離看她表演的機會。她從不失手，卻總有一點偶然的火花在她程序化的動作中。他想，難道就為了這一點偶然，這一絲凶吉未卜，她狂熱地愛她的演出嗎？她一次次重複練習，是為了縮小那偶然，從而消滅它，還是因為它是重複中唯一不可重複的，所以她得經驗它、玩味它？

他繪畫時那些鬼使神差的筆觸，不也是神賜般的偶然？

女郎在演出和做母親兩樁事之間忙碌，顧不上理會他。

一天她和他突然面對面站住了，彼此擋著道。他說：明天晚上我可以請你吃晚餐嗎？

她笑起來。是笑他胡鬧的意思。笑完她說不了，謝謝。他說不用謝。

他為那嬰兒買了一頂小帽子，原想在請她吃晚飯時給她。這時他覺得事情原本是無望的，若他拿出小帽子，會顯得非常蠢。像那個老小丑，蠢得命都不要了。

羅杰在一個雨天被父親扣留在家裡。湯米突然不辭而別，他得趕湯米剩下的活，羅杰捏著吵鬧無比的電剪，剪了兩天羊毛。羅杰昏昏沉沉地回憶著女郎的動作，神態，她整個人的雜質都是去盡了的。這是一九八五年的十一月。和澳洲的春雨瀟瀟相對，是北京透明的秋末。八歲的毛丫頭一次上臺。她扮成一個年畫中的「鯉魚娃娃」，頭上紮兩雙抓揪，纏了長長一截紅頭繩。她看上去最多六歲，細小身子支起個圓鼓鼓的大腦袋。觀眾從沒見過這麼逗的娃娃，認真得眼也直了。她把一個碗放在腳上，一踢，落在她頭頂。毛師傅和毛師娘同時嚥了一口沉重的唾沫。不管怎樣，碗沒砸。

毛丫把第四個碗擱到腳尖上，羅杰一個激靈，從深睡中醒來，聽見窗外黑極了的靜寂：雨停啦。他爬起來，但不知道在這樣的深夜該幹什麼。他每一個細小動作，都使地板咯吱一響。他咯吱咯吱地走到廚房，奇怪他怎麼從沒注意到這幢房也有它自己的生命。這是個星期六，他要乘第一班長途汽車去馬戲班所在的鎮。他發現祖母的煙盒在灶臺上。這是羅杰一生中的第一枝煙。這也是毛丫一生中最大一次慘敗。四只碗跌到舞臺上，當著上千名觀眾的面，碗兵敗如山倒地粉碎了。毛師傅「咳」了一聲，扭頭走開。

毛師娘看著丈夫走開的背影，大聲說：「不就砸倆碗嗎？」她見毛丫還楞在一片碎碗茬子上，幕已合攏。

她跑過去拉了毛丫的手便走，是那種拉偏架的護短母親的姿態。一邊拉一邊說：「咱不哭啊，咱一哭人家可樂了！咱可不能讓他們樂！……」

毛丫一聲不吱，跟著母親從劇場一路走回到雜技團宿舍。毛師娘在路燈下回頭，嚇一跳，毛丫果真一點哭的意思都沒有。她想，她這樣子可不是吉兆，別得了臆症。她開始跟女兒東拉西扯，扯她自己早年上臺出的各種洋相。她說到九歲那年，讓魔術師關在箱子裡關的時間太長，尿了褲子。

毛丫仍沉默著。

毛師娘真的怕了。夜裡她和毛師傅商量：幹雜技雖不算頂上等坯子，但也得老天給個大模子才行，萬一毛丫連個大模子都沒有，練死也托不出坯來。毛師傅的手在被窩外捅她一下，要她小聲些，毛丫沒準還醒著。他們三個睡一張大床，各躺各的被窩。毛師傅夫婦倆頭朝東，毛丫頭朝西。

第二天一早，毛丫見毛師傅穿一身出門衣裳，問他去哪兒。他說他去北京給毛師娘抓中藥。她說：帶上我吧。他說：喲，不練功啦？她說又不在乎這一天兩天。毛師傅見妻子在毛丫背後跟他使勁打手勢。他明白她要他帶孩子去散散心。

坐在汽車上，毛師傅見毛丫眼神很暗，給她一包花生豆，她接過來，一顆一顆擱到嘴裡，吃得不香不脆。他心裡一酸，想到自己若有別的本事，毛丫的一生會有另一個開頭。她會和其他孩子一樣，早上睡到天大亮，晚上看小人書藏貓貓。他卻是沒其他本事的，他在她三歲第一次教她劈叉時，就給了她這個清貧辛勞的生涯。這生涯的唯一樂趣就是你穿越無數失敗去完成一個眨眼即逝的耀眼動作。你玩著性命玩著致殘的可能性玩出一個閃電一般的極致和精彩。否則，這生涯一無可取。

他瞟一眼身旁這個八歲的女孩。誰能想像她小不點的一個人吃盡了苦頭？他恨起妻子來，孩子求饒她沒有一次心軟過，夏天孩子一身痱子，她也不肯減少她一分鐘的耗頂。這孩子怎麼命這麼苦？怎麼落到那麼個惡婆子手裡？怎麼就落在我這麼個人手裡？

毛師傅教人耍雜技中的各個行當，都能把人教出息。他想不通自己怎麼就教不了毛丫。他捨不得毛丫，不忍教她？還是真讓毛師娘說中了，這碗毫無甜頭的飯是沒毛丫份的？

毛師傅讓毛丫提著中藥罐和九副中藥等在門外，他去排隊買餃子。餐館特小，人們端了餃子蹲在門外急匆匆地吃。才下的第一場雪化了，滴在吃餃子的人帽子上。毛師傅快排到櫃臺時，朝餐館後窗看一眼，那裡堆著煤和垃圾。他看見毛丫正踢那個中藥罐。他發現她姿勢非常優美。他從沒見過誰能把雜技變得如此優美。罐子穩穩落在她頭頂。她一遍又一遍地重複，臉通紅，兩隻手也通紅。

她身姿和神態中煥發的，難道不是樂趣？她是一個不同的孩子，她是能夠苦中作樂的；大的樂趣不都是從苦中求得？

你能說她不是這塊坯子？她踢得多好，動作乾淨大方，難得的是她有種清高的氣質。這使她踢出了不同的品格。無論碗最終碎或不碎，她的招式比任何人都有看頭。

毛師傅和毛丫回家時，扛了一箱子碗，模樣，分量都和毛丫演出用的相似。他對毛丫說，放心砸，砸不窮你爸。

毛師傅決定在她十二歲前不再讓她上臺。早上臺的人容易出現江湖氣的成熟。沒等毛丫砸完一箱子碗，毛師娘走了。去世前一個來月，她才去醫院，癌症晚到了不必費任何事，臨去前還靠在床上捏餃子。她要包一冬的餃子，擱在窗外凍上，夠毛師傅和毛丫吃到新春初十。

毛師娘去了的第二年，毛丫收到一封來自北京的信。信上來就稱她為「我們親愛的女兒」。她心想這是什麼人？她是毛師傅用個鞋盒帶到這世上，是毛師娘的小米漿奶大的。是毛師娘那些帶著她手的溫度的餃子，一冬一冬的，把她催成個一米五的彪形女孩。她在十一歲就有了雜技團成年人的身高。

她不再往下讀，把信往毛師娘盛舊毛線活兒的筐裡一扔。

第二天她練功時，毛師傅跑來了，兩眼的混亂。他坐在那兒看她一遍又一遍地練「倒踢紫玉盞」，一個字的評說都沒有，手上一枝香煙，煙灰抖得排練室一地。一般來說，誰把煙抽到排練室來他會光火。

一直坐到她練完，臉上紅撲撲全是汗，他才說行啦，歇會吧。

她這才看見他鞋上和地面上的一層煙灰。她一面拆下盤起的辮子，一面探下臉去找父親的眼睛，說：「怎麼啦？人家又走了『份兒』啦？」

「走份兒」是毛師傅對動作不正確或把式不地道總之一切不順眼的人的說辭。

「你見那封信啦？」

「哪封信？」

「就那封。」

他家一年到頭不過收到五六封信。毛師娘去世後，信上的走動又減一半。「給你的那封信——別跟我裝傻。」

「誰裝傻了？」

「他們是你親爸媽。」

「他們說是就是啦？」

「你念信了嗎？……他們當時是沒法子……」

「那字兒太草了，咱念不懂。」毛丫坐在地板上，一點點往下扯襪子。她腳上總有傷。

毛丫從來不愛念書。學校裡的作文，她一般寫五十來個字，還有十幾個字寫不出來。她一寫作文就跑到院子中間喊：「誰會寫老鷹的『鷹』字啊？誰會寫斧頭的『斧』字啊？……」十多家人的院子，總有個屋傳出聲來：「真笨，來，接著——」一個紙團便扔出來，上面是她問的那字。大家水平都有限，毛丫因而只能在院子中央喊，這樣大家的水平湊一湊，能高些。

毛師傅掏出手帕，叫毛丫把脖子汗擦一擦。她練功往哪兒一坐，再起來，地板上一個潮印，一圈汗滴。

「他們信上說，要來咱家看你。」

「你趕緊回信告訴他們，鞋盒是撿過一個，裡頭是一死狗崽兒。」

「我答應了。」

「誰讓你答應的？」

「我能不答應嗎？」

毛丫把眼珠往天花板一翻，不理毛師傅了。她認為造出她的那對男女狗也不如。她可不能把狗也不如的人認回來做父母。當年居然把她擱在一個四十一號回力球鞋的鞋盒裡，就扔了。扔還不好好扔，居然在一邊暗藏著，看是誰撿了她。這對狗男女，居然一路跟蹤毛師傅到北京，再跟到縣裡。然後堅持暗藏，直到毛師傅夫婦把她從四斤養成一米五五。他們想，行，現在養她上算，災呀病的都過去了，不費大事了，還能派點用場。

抹抹地板或拿拿報紙，打那二兩芝麻醬，也不會讓人少找錢了。他們這才打算不做地下雙親，冒出來管他們自個兒叫「你不幸的父親、母親」。

毛師傅不贊同毛丫的推理。他想毛丫親媽當時有可能暗藏在火車站某個角落，看撿孩子的人是否正派可靠。換了毛師傅，他也會這麼幹。從火車站不難打聽到毛師傅留下的姓名、地址，因此她也犯不上跟蹤。

「你答應的啊，那你給他們沏茶、煮餃子。」

「……他們頭回來咱家，哪能就煮餃子。」

「那煮什麼？」

「得請他們下館子吧？」他苦苦的一張臉，不知怎麼低了毛丫親爹媽一頭似的。他從信上的字就覺得毛丫親媽挺不簡單。但讓他怯的，更主要的是因為毛丫渾身走的是人家的血。

「下館子？美得他們！」毛丫跳起來，一瘸一拐往門口走。「他們就跟路邊拉泡屎似的，把我就拉在那兒了！」

她其實是很有禮數的女孩，世上的人她只跟兩個人犯渾。現在沒了毛師娘，她的橫不講理就只有毛師傅受了。生人面前，她絕不丟毛師傅毛師娘的面子。因而她對她的親生父母，就像對陌生人一樣周到。只是一聲不吱，讓笑就笑，讓沏茶就沏茶。

毛師傅奇怪，毛丫連耳垂兒都跟她親爹長得一模一樣。他順著毛丫去她親媽臉上、身上找，也找著不少血緣的線索。他暗自一驚，難道他這是在查實證據，以防毛丫被人冒領嗎？

毛丫媽從始至終是個淚人兒。解釋是由毛丫爸做的。他一口南方普通話，說他們當時保密保得六親不認，才把婚姻、生育的事瞞住。用了不知多少法子，最後用了布帶子把腹部勒住，才把身孕遮掩過去。親媽此時瞪丈夫一眼，怪他真話講得太多了。

毛丫想，他們肯定覺得最理想就是把肚裡的我勒出去。她毛丫有今天，是他倆的謀殺失敗。不過她臉上還是通情達理，善解人意，似乎被偶爾聽來的一個慘絕人寰的故事弄得老氣橫秋了。

毛丫爸是個形象文弱的高個子，戴一副寬邊眼鏡。她媽是個中型胖子，臉上斑點密布，眼睛非常好看。毛師傅想，可憐這一對，要少些坎坷，也算得上金童玉女。毛丫卻認為自己父母都屬於醜陋之輩，肩不是肩腿不是腿，也沒一點精氣神，雜技團裡挑不出一個像他們這樣長得馬虎的人。

在館子吃飯的時候，毛丫親爹媽心情好了。

「毛丫，在學校成績怎麼樣？」親媽問。

毛丫笑笑。笑容她還給得起。

「學鋼琴了嗎？」

毛丫搖搖頭。她見毛師傅正夾了塊肥肉，立刻抓住他手。

「我血壓高，她不准我吃肥肉。」毛師傅不好意思地嘿嘿笑著。「小時候我找人教過她幾天小提琴。她不喜歡。」

親媽問：「那你喜歡什麼？」

毛丫笑笑，垂著眼皮吃飯。毛師娘教育她，和生人一塊吃飯，你面前有什麼就吃什麼，手得端著自個兒的碗，眼睛別這個盤看到那個盤。因而毛丫有了一副江湖上門規很好的吃相。

毛師傅說：「你媽問你呢。」

毛丫把飯嚼透，嚥盡，才開口。這也是毛師娘教的大臺面規矩。「我喜歡踢碗。」

「什麼？」親媽不懂地看著親爸。

毛師傅說：「一會給你爸媽彙報彙報。」他轉向親爹親媽：「她八歲就上臺了。……」他眼睛閃閃發亮。六十多歲的毛師傅眼睛特別亮，那種愛聚精會神的人才有的眼睛。

親爹說：「好啊，毛丫趕緊吃，一會讓我們開開眼。」

毛丫又笑笑。開什麼眼？你們懂什麼呀？

親爹講起他們當時怎麼機關算盡，總算讓他妻子隻身調回北京。他喝了點酒，嗓門和話都粗起來。他說他們幸虧六親不認地把事情瞞住，不然，操，他們這輩子得在橡膠林割一輩子操蛋橡膠。親媽說她現在正「活動」，爭取把丈夫也調到北京。

毛丫心裡瞧不起他們，除了謀算、合計、鬼心眼，他們有什麼呀？毛師傅毛師娘比他們好太多了，剛直、義氣，喝酒也風度多了，不像這位眼鏡，喝得齜牙咧嘴。看看他是個書生，一句話三個「操」。

親媽說她曾多少次從夢裡驚醒，因為夢見女兒就是當時四斤重的模樣，歪搭歪搭一個人走在前門大街，走在橡膠林裡。就那麼赤身赤臉的小人兒，身高一尺體重四斤，她在夢裡嚇壞了，怕前門大街密密麻麻的腳踩著她，怕橡膠林裡的野物叼了她。親媽說著，看看親爹，希望他證明證明。親爹說，她想孩子想得差點發神經。

毛師傅看著中年女人。她說得他心也化了，腿也軟了，酒就這點好，讓毛師傅這樣自持的人也哭得很過癮。

從此毛丫親爹媽同毛師傅走動得相當好。毛丫卻找許多藉口躲出去。

親媽一把歲數竟上起大學來，別著校徽告訴毛師傅時代不同了，毛丫整天踢碗怎麼行。毛丫還是同親媽客客氣氣，但她一走她便對毛師傅發脾氣，說他幹嘛對親媽「是是是」的？踢碗怎麼就沒前途？將來她毛丫老了踢不動碗去踢傘踢扇子，什麼都踢不動了她去教孩子踢。非得別個校徽才有前途？她問毛師傅信不信，要是親媽什麼也不穿她敢把校徽直接別到肉上。

毛師傅其實心裡拿不準毛丫能不能踢碗踢出大名堂。毛師傅在國慶節匯演時，帶著八豆和毛丫兩人去了北京。八豆的幽默魔術很受歡迎，加上他從小也練了不錯的身手，技巧配合魔術，非常取巧。毛丫卻是演幾場砸幾場。毛師傅知道有這兩種人，一種是平時練功對付得過去，一上臺就人來瘋，渾身的光彩，技巧能長進一倍，另一種人，練功一根手指頭的懶都不偷，臺下可以十拿十穩，滴水不漏，可一上臺功夫就只能使一半。

後面這種人，若是舞臺上要他翻三十個筋頭不出岔子，臺下他至少得順當地一口氣翻下一百個。這個謎像雜技本身一樣古老。

毛師傅悲哀地想，毛丫偏偏屬於臺下有十分，臺上只有三分的不幸之類。毛丫吃的苦頭，她終年腫著的腳，只有毛師傅知道。她的表演風格是一流的，姿態招式都是一流，可她就過不了那幾劫。臺下踢得百發百中，上了臺，就出閃失。

一天他從食堂買了飯，到排練室叫毛丫回家。她和他一聲不吭地吃饅頭喝粥，但兩人都明白，他們想的是同一件事。

「爸，真沒治了？」

「嗯。只能往死裡練。」

她沉默了很久，說：「那我都死了好多回了。」

親媽親爹這次來，告訴毛師傅他們分到一處房，毛丫可以常住到北京去了。親媽對毛師傅說，他的床他們都置下了。

毛丫快十三歲了，課本上還是讀小學四年級。毛師傅覺得親媽的話有道理：都「中外合資」時代了，踢碗？別逗了。她跟毛師傅說，讓毛丫補補課，說不定能轉到北京的學校讀書。她看出來了，毛丫跟親爹媽是裝乖，跟毛師傅呢，嘴上沒大沒小，其實是真乖，也就毛師傅的話她聽得進去。

毛師傅覺得毛丫母親給他如此重託，他可別辜負她。

他每天忍受著毛丫的壞脾氣，晚飯後隨便是什麼節目他都關電視機。毛丫便摔摔打打地鋪開書、本子、筆盒，兩腳架到桌上看書。毛師傅在廚房洗碗涮鍋，大氣都不敢出。毛丫補課得不斷吃零嘴，果丹皮、蜜三刀、葵花籽、花生豆，不然她就打瞌睡。毛師傅就得去糕點鋪子給她買，五、六種點心伺候著她一天兩小時的補課。有時五六種點心也不耽誤她睡著。毛師傅實在硬不下心叫醒她。他知道她早晨又提前了一個小時起床，去練功。雜技團減員之後，經費也減了不少，排練室的燈不到排練時間一律不准開。她就對著路燈投在墻上的影子練。她嘴上不認輸，心裡明白自己屬於不走運的那類人，除了往死裡練沒別的指望。

有時毛師傅突然想，誰說她不走運？你看她明明能在踢碗中找著樂子——那些踢起落下的碗其實對她形成一種癮，世上愛發生什麼發生什麼，跟她都沒關係，她樂她的。

毛師傅只得抱她到床上去，讓她一嘴果丹皮就睡去了。

這是個一半幼稚得可笑，一半則成熟之極的孩子。成熟的那一半毛丫自律、勤奮、自有是非原則。幼稚便是她的頑固、感情用事。她和踢碗這樁事，已是難分難解的情感糾葛，從她的童年一直延伸到此，對它，她欲罷不能，像一切歡喜冤家，在不斷嘔氣和相互虐待中親密無間。毛師傅看著她圓鼓鼓的臉蛋，心想，一個人心眼不活，或許是幸運的。毛丫可能是幸運的。

毛丫以最低分數，通過了初中入學考試。親媽失望，但不至於失望過度。毛師傅心裡卻暗生感嘆。要是毛丫真是他和毛師娘的種就完蛋了，補死也補不及格的，毛丫雖然牢騷沖天地讀書，倒也讀出個大概齊。

毛丫心情卻非常惡劣，她要做專業中學生去了。踢碗成了課餘活動。親爹親媽都說：就拿它當羽毛球、長跑吧，活動活動身體還是可以的。

春節毛師傅的雜技團又要出兩個節目，湊到一臺大型雜技演出中去。毛丫對他說：我上，成嗎？

兩人瞬時明白這意味什麼。這或許是毛丫的最後一次登臺了。深知彼此的一老一少也明白，他們都不切實際地抱一個渺茫希望，萬一毛丫的演技出現了突破，她也許會被北京的雜技團選去，這將是她對親爹親媽全面控制的唯一逃脫。血緣給了他們怎樣的權力啊。沒有他們，毛丫的未來，前途都具體極了，就是讓每一個踢出去的碗，規規矩矩落到它們該落的地方。

毛師傅答應了毛丫。兩人開始背水一戰，一天八小時的練功。毛師傅不管親媽的不悅，早晨四點叫醒毛丫，然後兩人一塊進入漆黑的嚴寒。到天稍亮，兩人才把筋骨拉鬆。毛師傅在毛丫踢碗時站在離她一米的地方：她踢得欠一絲準確，碗會砸著他。與毛師娘不同的是，毛師傅教練時毫不動聲色。他平靜地看著她一招一式，點點頭：「嗯，好一點，」或者：「不賴，再來。」偶然他說：「胳膊這樣，試試──」

舞臺上最後一踢了，當八只碗排著一個紀律嚴明的隊形飛起時，毛丫的臉突然有些走樣，似乎是剎那間的靈魂出竅。

八只碗依次落定。她才十三歲！觀眾們悄悄地傳說。毛師傅也在想，她才十三歲，小小一段生命竟容得下那麼多磨難。

掌聲相當輝煌。毛師傅看著毛丫頭謝幕，弓身，抬頭，魂魄和肉體這才合一。好了，這一咒就此破了，她終於以臺下的三百分獲得了臺上一百分。

毛丫輕飄飄地下了臺。並沒有人覺得這夜的異常，人們匆匆地走過她，舞臺監督火氣很大地叫她閃開。別人對毛丫的新紀元是無所謂的。她也無所謂別人對她的無所謂。她只是一個勁地走開，走遠些，連毛師傅也最好別看見。她走進一間屋，再一看，是女廁所。

毛丫把自己關在窄小的隔間裡。慢慢地，她聽見樂隊賣力的奏樂。

歡快的中國民樂遙伴著羅杰，他駕著車正駛往通向雪梨的高速公路上。他和毛丫之間有三小時的時差，因而當她傻著眼在廁所隔間裡恢復聽覺、視覺、知覺時，他正聽著汽車收音機的午夜新聞。他想，這不叫逃離，這就是一個成年人和一群成年人的友好決裂。這是突然發生的，二十歲的羅杰想，家庭中的每一個成年人為什麼從來不承認我的成年？為什麼他們想當然地認為我會像我父親那樣，做個農場主，組織一個包括牲口們在內的大家庭？為什麼沒人問問，羅杰，你有願望嗎？你愛什麼？你願意怎樣開銷掉你的一生？……

＊

一生在羅杰的破卡車前面展開。他不能確定馴虎女郎同他的一生有關聯。他只確信，他還深深記著她。她是他見的第一個亞洲人，他對亞洲的認識從她之後有了形態。他並不知道這中間有誤會，不無美好的誤會。因為他在她那裡看到的熱帶皮膚熱帶頭髮並不證明亞洲和熱帶是個等同。但他無論怎樣都抹不去這感覺，女郎把潮濕、神祕的熱帶雨林帶到了他的沙漠。他一年年長高，長得健碩，她在他印象中，便也一年年小下去。就這樣，她又小又美麗，充滿能源，充滿他不懂得的叢林深處的幽暗生命力。二十歲的羅杰回想起來，女郎那麼小又那麼濃烈，簡直是熱帶雨林榨擠的一滴汁液，甜的，卻帶著灼人的辛辣。

到這時他還不知他的誤會所在。他的詩意翩翩的誤會——他把令他著迷的一切歸結於她的種族。他以為亞洲女性便是她那樣的，隱忍的，會默默地鋌而走險。她那樣將自己置於虎口，那樣一次次翻著懸危的筋頭，她又是那樣敞開懷，哺育她的幼崽。什麼樣的生命力？那是最難置於死地的生命。

深夜駕車的羅杰想到五年前那個清晨。他十五歲。在破曉前他搭上了一輛卡車。他在那個只有幾百人口的小鎮下了車，鎮上有座教堂，有個郵局，有個麵包店和馬具店。

走進這裡就是走進了歷史，因為它跟二十年代的小鎮毫無區別。

他看見鎮子的電線杆上貼著廣告：馬戲團將在此地演出兩場。可他走穿了鎮子，也沒見那三頂色彩奪目的帳篷。他向一個鎮民打聽，那人手一指，說他們今早提前走了，在這兒演出虧本。他指的地方是塊荒地，兩個安全員在重新接電線，因為馬戲團把電線扯得亂七八糟。他們將馬戲團留的垃圾堆成一堆，點上火，怕這類各地流竄的人與畜傳播疫菌。他突然看見垃圾邊緣有個小小的黑手套。他認出，那是她的。手套上綴的飾物在白天看顯得潦草、廉價，並有幾分風塵感。

兩個安全員問他有沒有看過這個馬戲團的演出。他說他看了好幾場。安全員之一說他原以為亞洲人很醜陋，現在他認為他們醜陋是沒錯的，但也有迷人的妞兒。

他想他還差幾十年才能墮落成他們這樣，醉時醒時都談妞兒。他見火要撩那手套了，猶豫是否將它撿起。撿它是什麼意思呢？作為他生平第一次見到亞洲人的紀念？作為他尋覓她的線索？他怎麼可能去尋覓她？在兩個中年男人面前，他若撿起它可了不得，這舉動多愁善感得不成話，會把他們逗壞。

羅杰一直到二十四歲這年，才意識到馴虎女郎的確感染了他的生活。或許很間接，但感染遲遲不癒。這年他在讀雪梨大學美術系的三年級。

這感染使他時而走進唐人街。

離唐人街不遠的廣場是醉漢的休閒聖地。醉漢和灰色的鴿群。他背著畫夾穿過廣場，見一個亞洲姑娘在給一個醉漢錢。她很有膽量，和醉漢嗓門一樣高。兩人正討價還價，吵得不可開交。她說：你這人可沒什麼信用，說好只給你五角錢。醉漢說他更喜歡一塊錢硬幣。她說不行，你得找我五角。

羅杰站下來，覺得她很有趣。

她說你要不找我錢，我就站在這不走了，砸你生意。醉鬼說放心吧，你砸不了。她說試試看，只要有人路過，我就嚷嚷，行行好吧，再給錢他就喝死啦！

最後，五十多歲的老油條醉漢給她鬧得吃不消了，從口袋挖出五角錢給了她。她一口流利的英文，比馴虎女郎流利多了。

他跟在她後面。她正往唐人街走。她穿合體的牛仔褲，深棕色涼鞋。她頭髮不黑，也不那麼濃密，燙得有點焦糊，垂在肩下。他見她走近一家珠寶店，湊近玻璃看裡面的貨色。一會她請老闆娘拿出一款又一款戒指、項鏈、耳環，對鏡子不斷試戴。老闆娘和她是熟人，為她解下這個，又戴上那個，再拿出計算器在上面捺出價碼。

他瞥見她的黑眼睛亮得像個孩子。她就是個進了玩具店玩瘋了的孩子。她的中文越來越快，手勢也越來越快，櫃臺上擺滿了可供她玩的物件。他不懂她和老闆娘的話，也能懂得她玩得多開心。

他在跟她走近第二家首飾鋪時，她留心到他了。她動作中出現了一點拘謹，很快又是略微誇張的活潑。她還是一個一個地試戴，像孩子在玩具店裡，心總在癢癢，手也癢癢，不把每件玩藝擺弄一遍她無法安生。

這時她兩手拎著一根項鏈，上面帶個翡翠墜子。她問那個六十來歲的男雇員有沒有鏡子。她這回是講英文，像是把羅杰包括到談話和活動中去了，男雇員不高興她這樣折騰他，指指她鼻子下面：「這不是鏡子嗎？」她說哎呀抱歉，沒看見！羅杰想，她若不是給他盯得太緊張了，就是她已經為他走了神。

她用英文問男雇員，那個墜子是不是太大了。男雇員敷衍地說大點小點，價錢不差多少。她拎著項鏈突然轉向羅杰。

「你說呢？」

羅杰非常意外，他記憶中那個亞洲女郎對一切都是忽略的。因而她給他一種幾乎是冷漠的印象。時間推移，冷淡在他記憶中成了嚴峻。他便認為亞洲人不苟言笑，不易接近。羅杰沒想到她這樣隨和、友善。

「好看嗎？」她指那個帶翡翠墜子的項鏈。

他一下子想不出適當的評語，也缺乏這方面的知識。他仔細地打量她。她二十二、三歲，健康活潑。她可以稍瘦一點。那塊翡翠馬上破壞了她脖子到胸的流暢線條。

「是大了點。」他說。假如和她熟的話，他會說，那麼青春的脖子和胸，得再過二十年，你才需要這些累贅來遮掩打扮。「形狀也不巧妙。」他不是敷衍她，是認真考慮之後才給出的見解。

「那要是你的話，你挑哪一款？」她問他，身體側開來，歡迎他到櫃臺跟前去。歡迎他參加她的遊戲。

羅杰頭一次為女性做此類高參。其實他也是頭一次認真看女人們這些耗資巨大、百無一用的東西。他見她眼裡是孩子的信賴和熱切，表情事關重大，便走過去。他六尺高的個子稍稍彎曲，才看清玻璃櫃臺內的女性小勾當。他目光慢慢掃過去，又移回來，沒有一件東西夠得上「不難看」的標準。女性稀里馬虎地用這些東西裝點自己，還不如嚴格地保持一無所有。他面前這個女子，白衫藍褲，若不戴那些戒指、項鏈、手鐲，應該是很瀟灑很清爽的。他誠實地看著她，說：「我要是你，哪一款都不要。」

「那你上這兒來幹嘛呀？」她笑了，圓圓的黑眼睛將他逼住，如將他軍的棋子。

他答不上來。他總不能說，我在少年時代暗中對一個亞洲姑娘著迷過；十五歲的我似乎同她隱綽地有約，又隱綽地失了約。這是什麼病態藉口呢？……他馬上想出了一個特別拙劣的由頭，拍著自己背的畫夾說：「噢，我想找個中國人，畫些素描。」他馬上想到那些老小說裡的花花公子們，對女店員女家教吃豆腐的開場白一律是：「我想你一定給人畫過肖像。」

她說：「哦，你是個畫家。」她表情又俏又頑皮，另眼看待的意思，「那你要把我畫胖了，我就收錢。」

她該算漂亮的，五官非常有表達性。她總是一副要同你拌嘴的笑容，但她馬上就讓你明白：逗逗你的。他又陪她走了幾家首飾店，她解釋說自己有個翡翠戒指，一直想找塊相配的翡翠墜子，但不是翠過頭了，就是翠得不夠。原來女人們這類事物也不是閒事，也得巴巴結結盡心盡職去做。他看著她如何一本正經地記下一家家店的價錢。她一直講英文，歡迎他聆聽或插嘴，也歡迎他的陪伴。像是不經意地，她問起他的名字。

他們不久後就交換了姓名和電話。

一個月後他被請到她家裡。他已學會用中文稱她「阿翠」。

阿翠家開一間中藥鋪，下面是店面，上面三層公寓出租兩層。阿翠的父親、兄弟都經營中藥和出租房屋。她和母親在男人們忙不過來時也下樓去幫著碾、鍘藥材，經營店鋪。羅杰被阿翠領進家門時，全部男人們都慢下手裡的工作，笑著同他招呼。他走過店鋪，後院是個製藥作坊，阿翠的父親正坐在腳踏的鍘刀上鍘藥材，只是溫和地看看他，勞作都沒停。羅杰想，這是多麼祥和安分的一族人啊。

羅杰三個月後和阿翠訂了婚。他把她領到他們相遇的那家珠寶店，要她選一個訂婚戒指。他首先是為了還一個浪漫的願，再就是為了讓阿翠了解他是可以接受並尊重她的審美情趣的。他問她要哪一款。

阿翠笑起來，說：「一款也不要。」

「上次你不是挺喜歡這一只？……」

「你以為我真會喜歡這裡的貨色？」她對他耳語，然後把他拉出門：「我媽戴還差不多。」

他想，她難道連訂婚戒指的俗都免了？她跳上他的破卡車，叫他往城北開。他們不久來到一個寧靜憐恃的小街。破卡車在這裡十分扎眼，停著駛著的車全瞪著它，駿馬廄裡來了條喪家瘟狗的。

羅杰想起，這是個所謂的貴族街區。

阿翠偏著臉，笑著說：「你老實說，唐人街首飾店的東西是不是讓你受不了？」

他笑而不語。

她說：「哼，我知道你們畫畫的！」

這時他發現他們在一個鴉雀無聲的店堂裡，光線是那種貴氣的幽暗，只有寶石們是主角，在一束束追光下坦然慵懶地接受你的瞻仰。她用那種觀賞大師畫作時的悄語對他說，這是個有偉大名望的首飾店。他這才發現昏暗中站著冷面殺手般的男店員，一身黑色西裝。他向他們點點頭，笑容低調。在摸清他們的意圖之前，他不會輕易出動。

阿翠最終選了一個半克拉鑽戒。她走出店門時對他說：「你看，我也知道什麼東西高貴呀！」

羅杰為那個鑽戒背了兩年的債。他先向父母借了錢，然後天天在一家百貨公司布置櫥窗，掙了錢去還父母。阿翠有次看見他寄給父母的支票，非常驚訝，說我們中國人沒這種事的，要是跟父母這麼見外生分，父母會覺得很沒面子。

婚禮很排場，阿翠的父母擺了五十桌酒席，租了一條遊艇，讓賓客們在晚餐之後觀賞雪梨海景。遊艇上有各種酒和甜品，還有一個中國樂隊。阿翠美麗極了，穿一身銀色旗袍。羅杰的祖母說：「我以為美人魚在丹麥呢！」阿翠跟羅杰的所有親戚朋友都談得來，跟羅杰的祖母更是相見恨晚。

婚後羅杰和阿翠搬到離市中心頗遠的一個小公寓裡。羅杰仍是上課、打工。他悄悄把剩的一年課程延長到兩年。為了他和阿翠過得寬裕些，他找了第二份工作，在一家設計公司做電腦圖象設計。他每天忙到晚上十點回家。阿翠起初悶得慌，但很快就又回到她先前的一群女朋友中去了。

一天羅杰正在商場的巨大櫥窗裡擺設一套設計家的家具，見阿翠和四、五個女友嘻嘻哈哈從街上走過去。他恰好有一小時午餐休息，便取了外套追出去。阿翠驚喜得眼圈微微一紅，像是落荒到某個陌生國度不期然和她至愛的人相遇。她摟住他，吊在他脖子上面兩腳直盪秋千。她叫女友們不准起鬨，因為這是他們婚後的第一次午餐。

羅杰也感受到從沒經歷過的狂喜。他覺得他們像從哪個愛情電影裡來的，交響樂排山倒海，鋼琴白浪滔天，他和阿翠給推成了大特寫——連瞳仁百感交集的一點痙攣都沒被忽略。

阿翠的女友們開始有點窘，很快便為他倆烘托氣氛。有的說好啦，趕快就近找個旅館開房間吧。有的說，不可以阻礙交通，開車的人看見你們這樣子要出事故的！……

阿翠像聽不見，看著他，突然發現他形象上的最新優點似的，不禁深深吻他。羅杰看出她是真的感動，便立刻想到日子的美好，忙成這樣能讓她感動，讓她無憂無慮，也都值了。他們和女伴們拉開一小段距離，因為不斷停下來接吻而掉了隊。

女伴們全說她們請客，請他倆去旅館開房間。

阿翠眼睛波光粼粼，看著他：「哪個旅館最近？」

女人們笑得一團。他特別愛看阿翠有一點使性子的笑容，所有年長她的女人都占不了她上風。

午餐間他發現女人們都對餐館的拿手菜熟得要命。從她們的談話中，他明白她們都嫁給了頗富有的男人，絕大多數是中國男人。

他問她們：「你們每天都做些什麼？」

她們告訴他，早晨打發掉老公和孩子，就出門辦事。但他不久弄清她們辦的事包括購物、吃館子、逛街、打牌、做面容保健和全身按摩。

羅杰轉向阿翠，看著她，意思是：我很抱歉，我提供不起她們這樣的生活給你。他還想聽她說：放心，我跟她們不同。

但阿翠只抿嘴朝他笑笑，十分含情脈脈。

女友們說阿翠跟她們可不同。

他問怎樣不同。

「這你也看不出？」其中一個三十歲的女友說：「阿翠可以吃愛情、穿愛情、住愛情……」

阿翠拉住他的手說一點不錯，她就吃愛情穿愛情住愛情。

又一個女友說她們全看見了，愛情讓阿翠變了個人。

阿翠叫她閉嘴。

大家這下才靜下來。靜中有種不安。年長的那個女友飛快窺視羅杰一眼，轉回去沉默地笑了一下。她那一笑是不忍的，不忍羅杰這樣一個爛漫青年被她們作弄。又似乎是賣給老實人一件殘次品，心裡有點良心發現又有點得意：就先瞞著你這小傻子，等你自己去慢慢發現吧。

羅杰想不出阿翠有什麼可瞞他的。一個二十三歲的女子有什麼可瞞的呢？他很快不再追究那女友打下的啞謎。

就在當天晚上，他和阿翠發生了婚後的第一次衝突。阿翠竟比他回家還晚。他正淋浴，聽她很響地開門、關門。他問她去了哪裡。她說她能去哪裡？自己的丈夫連女伴們的午餐都付不起帳，她只好回自己娘家去討些錢來。他裹了條毛巾從浴室出來，見她冰冷地坐在那裡亂捺電視控制器。

他說：「大家聚在一起吃午餐，為什麼要我付帳？」

阿翠說：「是啊，所以我就替你付帳啦。」

他還是很無辜很懵懂地看著她。

「人家還要請我們客，到旅館開房間呢！」

他說他以為那是玩笑。

她說中國人開得起玩笑的都花得起錢；今天誰若較了真，她們請總統套房的客都不帶眨眼。

他想了一會，說：「可我真的不懂為什麼我得付帳。」

「阿螢的老公在場，他總是給我們所有女人買單的。阿萍的老公也是。你真給我面子啊！」

「你事先並沒有告訴我，這是我該請客的午餐啊！」

「噢，還用事先告訴?!……第一次在首飾店碰到你，我就對你的小氣有數了！換了個中國男人，怎麼也會意思意思，買點什麼小東西給他正在追求的女人！……」

他聽到這裡，突然感到「追求」二字非常刺耳，或者是她語調帶些中傷的意思，總之他認為她在歪曲事實。他說他並沒有追求她。她說她又不是沒注意到他跟蹤了她兩三里路。他說從那廣場到唐人街最多一里路。

她說：「連多少路都算清楚了，還說沒追我？」

「我常去唐人街……」

「畫畫去?別胡扯了，我又不是昨天才出生的，又不是沒給男人追過。街上二流子背上畫夾子就有正當理由追女孩子了……」

他露在浴巾外的身體乍起一層雞皮疙瘩，她哪來的這股惡意?她怎麼對他辛勤盡職的養家如此麻木?

阿翠還在嘴不停地說著，竟是滿臉淚珠了。她說他根本不顧她的體面，在女友聚餐這樣的關鍵時刻不替她頂住。她若不去為他付帳為他挽回面子，以後其他女友的丈夫請她客，她不窘死嗎?她還說她是明白回到家也從他這裡搜刮不出錢的，只能去娘家搜刮。

他想她歪曲事實的本領真大。從婚後她就有自由去銀行取款，所有信用卡也是兩人共用。她哪天受過委屈，哪天花錢花得不愜意?

他拼命壓住要吐出口的話：你看你像個做妻子的嗎?家裡又髒又亂，每天回來就吃你們外面館子剩的東西。你再看看這個還不算太小的客廳，都給你堆成什麼樣子了——每天都會發現一、兩件新的小擺設，玻璃瓶瓷罐子真假水晶，都在這裡等著落灰。風鈴就有四串，到處是這些愚蠢的絨布動物，假花，屋裡的空氣都擠沒了。他偶然攤開一本畫冊，先要花幾分鐘騰空桌面。阿翠把這個家變成了唐人街雜貨鋪。他的目光這時落在她手指上，一顆臃腫的翡翠。他不懂她為什麼把一個家也弄得如此臃腫。

阿翠安靜下來。

他慶幸自己沒把那些話說出口。不然太恐怖了，愛情或許沒那麼結實的，那樣同她針鋒相對，一切或許就不會再彌合如初。

阿翠看他一眼。她意思是：好了，我要下臺階了，說聲對不起，她就將順臺階下來說「我愛你」。

他卻不懂，覺得她這一刻該有一句道歉的話。至少說有句公道話，對他毫不瀆職地做丈夫給些起碼的肯定。他攞不起闊又不是他的過錯。

她見他走回浴室，不久聽他開始刷牙，用牙線清理牙縫。他居然把她晾在這兒，自己做作準備上床睡覺了。他不收場就別想碰她，別打算趁著黑暗把她一摟就算講和。但給他摟住還是舒服的，阿翠不知不覺已配合起來。

羅杰想，年輕就這點好，荷爾蒙抹殺原則，激情不計較是非。他想著阿翠白天的樣子，光天化日之下，她頻頻暗遞給他那些使他戰慄的眼波。就讓荷爾蒙和激情當家吧，她畢竟是個甜蜜的女人。

滿足來了，又去了。兩人稍有些尷尬，覺得怎麼就這樣無交代地和好了呢？一場美滿做愛就銜接了上下文？……

羅杰這時開了口。他說大概他不懂中國人的文化，其中包括待人接物，以及交友的規矩。以後他會更留心去學。他還說兩個種族的戀人總要磨合。

阿翠說：「什麼文化差異？我從小來到雪梨，白種男朋友也不是沒交過。別把自己的毛病往文化、種族上扯！」

「你就沒毛病？」

「我至少不扣門兒。我們中國人把扣門兒看成羞恥。」

「我又不是故意沒錢……」

「沒錢在那種時候也得豁出去。」

「我得豁得起啊。」

「豁不起你就要不起我。中國人最講有來有往，禮尚往來。人家的老公怎樣對我，你就要同樣對待我的女朋友。」

「我已經在打兩份工了……」

「所以我只有厚著臉皮去娘家求援。知道指望不上你。好在我們中國父母不興讓兒女打借條。」

那一夜他沒睡。他不知為什麼想到了馴虎女郎。他相信她和阿翠完全不同，她有種簡練的態度，連衣著、表情，姿態都含有簡練。女性許多瑣細的享受、麻煩似乎被這簡練濾去了，因為她有一個主題。那主題就是她狂熱地愛著的那件事；她的馴虎表演。她的自得其樂不需要太多供給，她對這世界一無所求是明顯的。羅杰在九年後開始明白她的魅力何在。她那心靈的自給自足使她那麼淡然又那樣不群。

羅杰並不知道一場幻滅已悄悄開始。他對女性的幻滅。對阿翠這樣正常的，熱愛享受，熱愛物質的主流女性。他開著破汽車，穿過城市去上班、上課。他動作有點心事忡忡，看見報上的廣告「中國雜技團來澳巡迴演出」，他趕緊移開視線。到此刻他才明白馴虎女郎留下的記憶是略帶創傷性的。羅杰此生不會再去看雜技、馬戲了。他也就不可能知道中國雜技團裡有個十七歲的女孩，她演的節目叫「踢火流星」。那是個很短的，不太起眼的節目，只是在舞臺燈光暗下去，她踢的碗裡出現了流火，雪梨人民才振奮了一些。

不然他們看不出大大小小一摞碗給她踢上踢下有什麼勁。

這天他的破汽車停在紅綠燈路上。一輛大轎車停在他左邊。茶色玻璃窗內，十七歲的女孩正朝外看。他側過臉，那轎車上的人說的中國話讓他從心事上分了神。

*

那個春節演出之後，毛丫果真引起了北京一個軍隊雜技團的注意。她給他們私下裡又表演了幾回。雜技團認為她踢碗的確踢得不錯，可有她不多無她也不少。她的年輕倒是她最大優勢。因而他們便把毛丫暫時收下來，作為試用演員。

毛師傅想，試用就試用吧，他會加緊訓練毛丫，讓試用變成錄用。毛師傅向縣城文化局一連遞交三、四封醫生證明，說是他患有多種慢性病，必須長期休養。毛師傅對縣裡領導說甭再留他，留也是留一個老飯桶了。雜技團一年比一年不景氣，連下鄉巡迴演出都賣不出多少票。農民們寧願擠到有電視的鄰家去看電視劇。這樣毛師傅正式辭了副團長，到北京專職栽培毛丫。

毛丫的親爹親媽開始對毛師傅很客氣。毛師傅有自己的退休金，便主動負擔起這家人的伙食費用。他買毛丫做。不久毛丫在軍隊雜技團分配到一個鋪位，晚上演出就在那裡住宿，毛師傅便學著燒飯炒菜。毛師傅知道他在這裡得好好做個老傭人，好好地貼錢、貼勞力。北京就是支個行軍床的空間也很緊俏，因而他在毛丫父母家支的行軍床不可以白支。

這是個舊辦公樓改成的住宅。房子開間很大，裡面是自己隔出的客廳、臥室、書房。廚房在走廊上，同全北京所有這類筒子樓一樣。毛丫的屋是書房，床是折疊沙發。毛師傅的行軍床很機動，毛丫不在就支在書房，毛丫父母吵架不肯睡一個屋，親爹就睡行軍床，毛師傅只得去打地鋪。

毛丫回來總是在走廊裡待著，因為毛師傅的主要活動範圍都在那裡。那裡擱著爐子和炊具，毛師傅在牆上裝了個吊櫃，還有一個可以打開合起的折疊小桌，毛師傅用它切菜、讀報、縫補。毛丫就把這一小段走廊當作她和毛師傅的家。她在這兒和老頭有說有笑，只要親媽親爸一出現，她馬上變個人，話也沒了，調皮搗蛋都沒了。她和毛師傅談的無非是縣城雜技團的那些人和事。比如，八豆開起公司來了，不變魔術了，整天夾著小皮包拿著手機，問他做什麼生意，他說：「多了！」

毛丫親媽時而從他倆身邊路過，發現兩人都沉默而焦急，似乎在等她快些走過去，他們的笑聲可以續上。每回她在樓梯口一拐彎，就聽他倆果然接著聊起來。

有天傍晚她下班回來，見毛師傅正跟毛丫比劃一個飯碗，兩人都很專注，沒留神到她。她聽兩人討論的還是踢碗。毛師傅說他瞧不上毛丫團裡的導演。什麼「踢火流星」？譁眾取寵，三流的功夫用它晃晃人眼還湊和，毛丫是硬碰硬的功夫，用不著摻那樣的假。否則都去看火了，腿腳的精彩不都白搭嗎？毛師傅越說越激昂，說雜技也跟奧林匹克似的，得拼真的，動作得純正，水準得有公論。

親媽插嘴：「能跟奧林匹克比嗎？」

毛師傅一楞。毛丫不吱聲。他們倆都不同任何門外漢一般見識。親媽臉上塗著脂粉，穿著攤兒上買來的套裝，描上去的眉毛、眼圈、嘴唇和真實的稍稍錯位，等於真臉上浮著個假臉。北京大街上有的是這種真假分歧的女性面孔，因而毛丫親媽絕對不顯得各色，絕對的主流。連她上衣墊起的兩個將軍肩膀，也是一股贏者的威風。她已混到一家中外合資的浴室設計公司去了。「混」字是毛丫背後和毛師傅打趣親媽常用的詞。「她混得還成——混上了個推銷部經理，臉上的黃褐斑除一除，她能混上老闆的助理！」

親媽對毛丫跟毛師傅在走廊裡另過一番日子越來越反感。他們在這裡親熱的有說有笑，時而還聽見毛丫頂嘴，和毛老頭兒犯貧，她擔心毛丫的格調永遠停留在雜技藝人層次。她無法指責毛丫，女孩只有十幾歲，她只能在毛師傅頭上找所有的錯。她私下和丈夫嘀咕老頭兒其實暗中在離間女兒和親父母的關係；她叫她補課，學鋼琴，女孩明拖暗抗，老頭兒只要一說：「拿上傢伙，走幾遍去。」毛丫如同士兵得了將令，急不可待地要去送死。親爹比較實惠，說毛丫將來成個雜技明星也不給她爹媽臉上抹黑。他又說毛師傅多好使喚啊，雇老媽子你能找這麼負責認真識相還倒貼錢的嗎？偶然來串門看望毛師傅的雜技團人馬也都派得上用場。八豆按時來換煤氣罐，入冬也是八豆幫著排隊買大白菜。家裡有重活，都是攢著等八豆來幹。

親爹說，雜技團這幫人，看著跟牲口似的，人都還厚道。過後他嘆口氣又說，世界上怕就怕厚道二字。親爹在一家食品雜誌做發行工作，常常會冒出這樣的哲人態度，不知他是醉是醒。因此親媽對他只能帶著輕微的噁心去忍受。她認為大時代總要犧牲一批人，就算丈夫做了這犧牲吧。她絕不允許毛丫也被她所代表的主流淘汰。她得讓毛丫漸漸脫離雜技藝人的社會階層。毛丫的儀態、氣質、相貌都是上品，怎麼也該是正在形成的上流社會成員——就是她自己躋身的社會。

她覺得老頭兒是毛丫上進的禍害。她讓毛丫溫課，將來至少能上職業高中。毛丫消極服從。女孩對親媽始終是一個態度，不爭辯、不抵抗，可也不合作。

毛丫十六歲得了全國雜技比賽第二名。她不聲不響把一個銀杯放在書櫥裡。親爹發現後，對親媽說該慶賀慶賀。親媽問女兒為什麼不告訴父母。毛丫說毛師傅已經獎勵了她一輛新自行車。親媽傷心得嗓門也抖起來，說我們是你的親父母啊！毛丫懶洋洋地笑笑說：又不是奧林匹克。

親媽心都碎了。原來這爺兒倆不吭不哈地又慶賀、又送禮，兩人還出去吃了頓建國飯店自助餐。毛師傅本來要請親爹親媽，毛丫堅持說：這獎杯不就是獎給我沒出息嗎？別讓他們又有個當口勸我改邪歸正。

毛丫親媽終於湊錢買了一個兩居室的公寓。她開始策劃，重新設計一家人的生活。這一家人，不包括毛師傅。趁毛丫隨雜技訪問團去澳大利亞演出二十天，毛師傅給河北省雜技團請去做臨時教練，毛丫親爹親媽把家從老房搬到了新房。他們打電話告訴毛師傅，新家還在裝修，連他們自己都得去朋友家借宿，勸毛師傅在河北多住一陣。

毛丫回來後，看到全新的家裡擺著摩登家具。她從來沒見過這麼明亮時尚的居住環境，客廳還擱了一架立式鋼琴。從小在簡陋清貧的縣城雜技大院長大的女孩，第一次看到物質的魅力，她幾乎不敢走動，小心在拼花硬木地板上移動兩個腳尖。她看了一圈之後，突然覺得親媽還是偉大的，把她在澳洲見聞的西方生活設置到北京來了。毛丫特別喜歡新的浴室。親媽給她買的柔軟厚實的浴巾浴袍讓她每次洗澡都磨蹭掉一小時。

毛丫回到新家的那個週末，親媽請了許多同事和朋友來做客。都是主流人物，客人問毛丫在哪裡讀書。親媽說明年考大學了。毛丫第一次意識到，住這樣的公寓，用這樣的浴室，就得結交和親媽一樣的人，這樣的人也是吃苦耐勞的在生活，但他們吃苦耐勞的收效很明顯很直接，就是如此的公寓、浴室、鋼琴。親媽告訴毛丫，毛師傅去外省掙外快，得有一陣回不了北京。兩個月後，毛丫發現自己在親媽的客人中也自如地回答：我打算明年考經貿學院，或者說，我正在報名學電腦。第三個月，親媽親爸和毛丫鄭重談話，說家裡現在空間有限，不可能在這麼漂亮的公寓讓毛師傅支行軍床。還有，毛師傅到了這個家裡算什麼呢？客人們跟個老江湖有什麼話說？老江湖和這個家太不搭調。你父母說：「他老人家也會不自在。你自己拿主意，如果還想幹雜技，我們也沒辦法。你就跟他去吧。」

他們最終達到了目的。毛丫開始認為他們是對的，踢碗掙的錢只能糊飽肚子。親媽說給他們裝修公寓的人掙的錢也多過「糊飽肚子」。

毛師傅從河北回來時，親媽已知道，毛丫被自己贏回來了。她不能自己開口攆老頭兒，讓老頭兒死了這條心的只能是毛丫。她安排全家人去馬路對面的小餐館吃晚飯，然後由親爹來段開場白，中心意思是毛丫已到了關鍵年齡，以後做什麼，今天就是拿決定性主意的時候。

毛師傅眨巴著眼睛去看毛丫。他在河北教練別的孩子時，心裡為毛丫設計了許多新的訓練方式，他想毛丫會成為世界上最好的雜技藝術家。他沒想到這對中年夫婦藉口裝修，把他阻攔到河北，用了三個月時間在挖他的牆腳。挖中國雜技的牆腳。

親媽接過親爹的話，說以後中國和西方都一樣，吃香的工作，走俏的工作掙大錢。她看看毛丫，又轉向毛師傅：「您老是真疼她愛她，我們做父母都自愧不如，您當然不想她以後受窮；以後毛丫上了歲數，不能踢碗了，您想想她能幹什麼，不就剩個受窮了嘛？」

親爹反正喝了酒，說了醜話也是酒的醜。他說就算踢碗掙的錢不少，那也是賣藝的；中國一向講上三流下九流，掙錢也得看掙什麼錢。

親媽嫌棄地把他手上的酒盅奪下來，遠遠一擱。他對毛丫說：「你自己說吧，選擇什麼，我們大家都只能支持。十七歲的孩子，應該有自己的選擇了。」

毛丫心想，毛師傅和她怎麼是這對老奸巨猾的中年男女的對手？毛師傅一根腸子筆直，怎麼鬥得過這些人——他們在十年的知青生活中人格上添出那麼多曲折，老練和成熟都過了頭，成了一些缺乏正直的智慧增生。他們把一老一少推到第一線，讓他們自相殘殺。她不敢去看毛師傅的眼睛，因為它們是困惑的，有點理虧的，自我懷疑的。他懷疑自己的價值觀太古老，不該去影響毛丫。他怎麼放心將來他一腳去了，留個受窮的毛丫呢？

「別為難，又不是讓你跟毛師傅分開。」親媽對毛丫說。

你就是要讓我們分開。毛丫想。她不知怎樣公開反抗父母，對於這對半道上殺出來的父母，生疏使她一直是恭順的，敢怒不敢言的。生疏使她和他們之間反而有一層客套，毛丫尤其害怕抓破這層客套。因為客套沒了，她和他們什麼都沒了，她和他們的關係再也找不著一個存在形式。在這一點上，毛丫是個很老實很傳統的女孩，她心裡不知道一個完全否認自己血緣的人是否還算個人。

毛師傅看著毛丫就那樣垂著臉坐著。毛師傅記不得毛丫怎樣就從一個圓頭圓腦的娃娃長成了個大人，臉蛋上原先那遮沒所有稜角的厚厚一層幼稚，似乎一夜間就沒了。這臉俊俏起來，毛師傅突然意識到，她更像他死去的老伴，用小米豆漿奶大她的毛師娘。

毛師傅自知自己賣了這條老命也不可能給毛丫那樣的住所。他認為自己的一生不闊，但他也絕不窮。而他的「不窮」是什麼標準呢？是四季四身衣服，年節吃大餡兒餃子，冷有煤火熱有電扇，一雙鞋換了後跟換前掌地穿十年。把他的闊綽標準拿到眼下的北京，也是窮。中國自古至今，頂窘的、頂不好受的就是窮。過去的幾十年，窮不那麼難受，窮有全國人做伴。毛師傅自己是窮慣了，窮舒服了，但他的舒服不是毛丫爸媽的舒服，或許也不是毛丫的舒服。

毛師傅絕不忍心將來他腿一蹬留下個受窮困窘迫的毛丫。他對毛丫說：「你爹媽是為你好，你得聽他們的，你看，我都聽他們的。為什麼呢？因為除了我自個兒這個行當，我什麼也不懂，你跟我，咱倆都聽他們的，成不？」

毛丫深深地嘆息一下。父母生下孩子們，為了拿他們實現他們的痴心妄想，那些痴心妄想折磨得他們半死，因此他們也得讓孩子們受盡折磨。

「我有一個條件，」毛丫說：「不幹雜技，行，不過我爸不能走。」

親媽說：「誰說毛師傅要走啦？」

親爹想，這女孩在爸和爸之間做了區別。她叫毛師傅「爸」，是不假思索的，如同嬰孩下意識的嘴唇運動，也像嘴唇天生就儲有一些最原始音節，一碰，就「爸」的一聲。而她在叫親爹時，則先擺好嘴形，兩片嘴唇抿住那個字，抿那麼緊，那字都窒息了，冷了。一個「爸」字吐出口，可真不易，是多大的壓力給推出來的，讓他都覺得這字她吐得太苦了，所以只要他發現她有話跟他說，嘴裡憋著那個「爸」字，他馬上主動給她解圍，先開口。好在這樣的時候極少，她見到他多半一垂眼，一笑，大家都過去了。

「毛師傅，我們都沒有趕您的意思。您要找不到合適地方，也不嫌棄我們家窄呢，就……」親爹喝酒喝大了舌頭，顯得尤其親熱可人，親媽在桌下用膝蓋磕他一下。

大家達到共見，毛丫馬上開始補課。軍隊雜技團正在為她辦提幹手續，毛丫母親一個電話打過去，說不必勞駕了。毛丫還要參加最後一次巡迴演出，她打算演完就捲鋪蓋。

她儘量把事情處理得低調，也打消了請毛師傅看她最後一場演出的主意。

一個月後她辦清了所有手續，回到家，卻不見了毛師傅。毛丫在空蕩蕩中站著，想毛師傅那副瘸了腿的老花鏡呢？還有他用來做茶杯從不離手的醬菜瓶呢？連空氣中他永遠貼的麝香虎骨膏藥以至他走到哪兒都帶的那股藥腥氣，也都消失了。

親媽的解釋是毛師傅也有些事情要辦，回去了。毛丫問回哪兒了。親媽說大概回縣裡吧。毛丫撥通電話，縣城雜技團正忙解散，大家等著領文化局欠發的半年工資，都口氣挺煩的說毛師傅早領退休金了，欠發的工資沒他的份他回這兒來幹什麼。

毛丫擱下電話，並不馬上轉身來和親媽對質。她感覺中年女人一肚子鬼的目光正瞄準她的後腦勺。她一轉過來可就要和這女人翻臉了。但她還沒正式和她鬧過，不知該如何鬧。最主要的是，沒了毛師傅在場，毛丫和誰也不鬧。

沒有毛師傅，她就是個成熟練達的大人，她的孩子脾氣，是只能毛師傅一人去受的。亦似乎孩子鬧是有勢可仗才鬧，毛師傅缺席，毛丫沒誰可依仗，也就鬧不起來。

她找到了八豆。

八豆說：「這還用問，老爺子答應了你媽，他就不會讓你找著他了。」

毛丫問：「他答應她什麼?!」

「你媽覺得只要他在一天，你就一天不死心。你們爺兒倆在一塊，能想什麼，聊什麼呀？你媽說你們爺倆一談雜技，吃肉都不香！」

八豆反過來勸毛丫，也得體諒自己父母，隔著個毛師傅，他們什麼時候才能把女兒真正認領回來呢？毛師傅是那種讓人多著嫌著人嗎？他多骨氣一個老頭兒啊。八豆說毛丫你就饒了毛師傅吧，為了栽培你，老爺子受夠你親爹媽的擠兌了。

毛丫想，得沉住氣，看能不能從父母那裡打探出毛師傅的去處。她開始上親媽給她找的補習班，吃她為她買的各種高效維生素和健腦藥品，穿她給她指定的服裝。她不知道她動作中一股厭倦和消沉，使她背也駝了，走路兩腳蹭地板。一切毛師娘曾說過的做雜技演員的形態弊端，都回來了。十七歲的毛丫扣著肩、含起胸，扛著毛師娘諢稱的「燒雞背」，在父母眼裡是變得那麼順眼，像所有扛著父母痴心妄想，害著輕度憂鬱症的中國孩子一樣。

*

羅杰接過美麗的黑姑娘付的錢。她拿著他為她畫的肖像，「太謝謝了！」，羅杰點頭，笑一下。懂行的人會知道，那是張畫得很好的肖像。這筆畫拿到三號街來太委曲了。他的筆觸自信自如，懂得什麼是一張臉最吸引人的因素，因而經了他的筆，每張臉都沒有那類低級畫家的取悅式美化，但每張臉都有迷人之處。

當然人們也不知道，他是個逃亡者。不是一般意義的逃亡，是為了逃到一個地方，誰都不認識他；他只想一張肖像三十元地掙錢，只想掙一晚上的錢去畫一白天的畫——那是他真正的畫。他這樣活著，三號街的人都沒意見。因此他把三號街的陌生人作為自己最好的朋友。最好的朋友是「你要做什麼，請自便」。

他在為一個中年女人畫像時，人群外走過一個亞洲女子。兩人誰也沒看見誰，這是晚上十點二十分，遊客已開始稀少，他們本應該看見對方的。但他們都屬於沒事不東張西望的人。羅杰畫的這位中年婦人忍不住地笑出聲。她丈夫把她捺在折疊小凳上，非要她給畫成一幅肖像。他們都紅潤肥胖，像羅杰老家的鄰居們。像他的祖父母，父母。中年女人見羅杰看她半晌，才在紙上「唰」的來一筆，有點擔心。她希望三十塊錢能買到足夠的筆觸。

她丈夫在做羅杰的監工。他站在羅杰背後，每下一筆，他就對妻子揚一下眉毛，意思是，在筆下你更美了！羅杰的素描功力對於他們是好得多餘。

這時亞洲女子走到三十米以外了。她不知道羅杰畫夾裡有張發黃的速寫，是他十五歲畫的。那個馴虎女郎的肖像。一張幼稚卻充滿激情的畫作。

天冷起來。海風聲響也越來越大。他想再畫一張，明天晚上或許不用來了。他撿起風颳到地上的一頁紙，手指冷得發僵。亞洲女子在街口拐進一個快餐店。那是羅杰每次畫完畫必去的地方。

亞洲女子和羅杰在這條街上你出我沒地共存，已有一年。假如他看見她，事情就好辦了，或者她看見他，也行。但他們就這樣共存在緊密的錯過中，錯過有時驚險而美妙。如同一對不要燈光，不需音樂，也不會誤踏到對方的腳的雙人舞者。

正如羅杰在那個夜晚獨守一杯廉價白蘭地，等著阿翠回家時，毛丫也獨自在北京東城的一條滿是酒吧的街上走著。他的凌晨一點是她的夜晚十點；他在冬天，她在夏天。他和她遠隔萬里，臉上掛一絲相似的冰冷微笑。是人在墮落初始時朦朧的自我嫌惡。

羅杰靜悄悄地在各種劣等白蘭地、威士忌中改善婚姻生活時，毛丫成了個專門引人喝酒的女郎。她的收入可觀，沒心沒肺的時候還挺快活。羅杰是那種喝了酒就變得樂觀、寬容的人。他可以對阿翠給他的解釋微微一笑，就接受了。她無非是多打了幾圈牌，或者吃宵夜忘了時間，或者在父母那裡聊家務事給絆住了。

他沒有理由懷疑阿翠欺騙他，他的本能告訴他，阿翠非常愛他。阿翠總是給他初戀的眼波，新婚的肉體，她對他的熱情，在羅杰看，是謎。她會不時為他買昂貴的衣飾、皮夾、手錶。她說中國人家的父母是捨不得兒女受窮的，因此她總能得到父母的補貼。一次她送給他一輛車，是輛八成新的豐田。他不敢問她哪兒來的錢。他最怕她話鋒一轉，說：「怎麼辦呢？你掙不來那麼多錢，我父母又看不下去我受苦。」阿翠看他興致極高地擺弄著音響、自動車窗、天窗。問他：「現在你知道我愛你了吧？」

他動作中出來一個靜止。怎麼聽上去像一場天大的誤會呢？他當然歡迎好使喚的車，帶漂亮的立體聲音響，但如果給他選擇的話，他寧願辭掉一份工，多些自由去做他愛做的事。他愛做的事很簡單，海灘上躺一躺，翻翻畫冊，或者在有衝動的時候，給他結結實實一段時間，畫幾幅畫。在二十世紀近尾聲時，人還得賣給房東、水電煤氣電話信用卡各種保險各種稅收，人還是離自由那麼遠。在羅杰看，自由遠比這輛車豪華。阿翠月月把信用卡花得透支，現在給他的厚厚饋贈使他意識到，他離自由又遠了一點。但他絕不能把這些話講給阿翠，去倒她胃口。她以她的方式愛他，該是沒錯的。阿翠愛這世上一切物質，她把她的心愛給予她心愛的男人，該是沒錯的。他覺得她的花銷方式和她的經濟來源有疑點，但他怕口角，怕每次口角後他情感上元氣大傷以致他連做愛的興致也沒了。

「我知道你喜歡在開車的時候聽音樂，」阿翠的眼睛從來不直白，永遠有你猜不透的意味。她又說：「看你開那個大破車，我心好酸。不公正啊，你這樣好一個人，天下的大名牌，好東西都該是你的。」

你看，她是這樣看事情的。

他享用好東西兩個月不到，阿翠對他說，她已經討厭豐田了，更喜歡歐洲車。他說他沒那麼喜新厭舊，對豐田還在熱戀期。她說已經太晚了，抱歉。他說你什麼意思？她說車已給她賣掉了。他說他不同意賣。她說你同不同意都晚了，買主明天一早來把車開走。

羅杰火了，嗓門粗起來。他說她口口聲聲是為他買的這輛車，他正對它情有獨鍾，莫名其妙就又失去了它。她怎麼商量都不跟他商量呢？

「我給你買更好的……」

「我不要更好的！」

「你看你，就這點沒出息。我們中國男人就不一樣，其他事情可以湊和，車一定開最好的！男人在外面，拼呀殺呀，圖的什麼呢？開輛帥氣的車子，男人也做得值當！你連這點志向都沒有？」

「沒有。」

「那你的志向是什麼？」

「你真有興趣？」

阿翠默默地看著他。看一會，便一下一下點起頭來，他想，索性讓她徹底看穿他吧。

「我的志向你別勞神操心了。因為它在你看根本不是志向——我就想清清靜靜畫畫，然後到海灘上曬太陽。錢多了就開著車四處走走，看看。去畫廊逛逛。我的志向，就是你別讓我每月給張帳單壓得透不過氣來！」

阿翠輕鄙地斜起臉，嘴的一隻角卻斜往另一邊：「真好意思說，這點帳單就讓你透不過氣了。」

兩人的樣子都開始可怕起來了。羅杰發現自己語言的爆發力很好，一些他強調的字眼在他嘴唇上「噼」，「啪」地先發出爆破，再出來聲音。他指控她的貪婪，虛榮，她便拿出鄙薄的眼神，說男人沒有征服物質世界的能力，就等於陽萎。他撲上去，壓住她，說我讓你看我怎麼陽萎。

第二天一早，羅杰醒來，阿翠還在熟睡。他開車來到百貨商場，開始布置櫥窗。近中午時分，阿翠來了，後面還跟著一男一女。阿翠喜洋洋跟他招呼道：「我來取車。」

他立刻停下手裡的活，撵上阿翠。

「我說了這輛車不准賣。」

「你說得太晚啦。」阿翠頭一次露出無賴嘴臉。「讓開路。」

跟來的一男一女兩眼閃光：這對隔種夫婦要有好戲出來了。

「你敢動這輛車。」他覺得自己的態度夠下等了。

「不是你的車了。你要想留下，行，付他們一萬四千塊錢。」她指身後的男女。

他抬頭對兩人說：「你們走吧，這是我們共有的財產，她一人當不了家。」

那男人個頭不高，但很結實，有種無法無天的低調表情。在羅杰善於捕捉人物特色的天藍眼睛裡，他身上帶一點殘酷，並有地下生活造就的冷冷的風度。他穿著一絲不苟，小鬍子上了蠟，身邊的女人很年輕，血統混亂的漂亮難民。她無意讓任何人認為她是妻子或情人；她就是他的美麗寵物。他一來一去看羅杰和阿翠吵架，等兩人停下來透口氣時，他斯文地開了口。

「沒有關係，我並不急，真不願意看你們這樣漂亮的一對為這點事傷了彼此。」

羅杰趁著吵鬧的慣性給他一句：「滾遠點！」

「羅杰！」阿翠喝住他。

他看她一眼，她眼裡充滿黑黑的恐懼。他想這到底是怎麼一樁勾當呢？

小鬍子男子不在意地笑笑，說：「你們慢慢商量吧。我又不等著用這筆錢。」一面說著，他便轉身要往停車場電梯走。混血女子踩在細高的鞋跟上，上下身脫節地跟在他後面。

羅杰叫住了他。

「阿翠一共欠你多少錢？」他脫口而出地問。

他裝著不懂，飛快地看一眼阿翠。

「我是說，她當然是給你逼得沒辦法了，才來賣車的。她不是跟你借錢，去打牌的嗎？」直覺一道霹靂似的從所有的謎中一劃而過。

阿翠直直地站著，卻癱瘓了。她以為他有證據，並不知道他有五分詐。

小鬍男笑笑說：「阿翠，你們之間沒有祕密，這很好。」

「閉嘴，」羅杰說：「這輛車我留定了。阿翠欠你的錢，我想法付你。分期，不分期，都行。」

阿翠驚異極了。她看著一男一女走進電梯，感到自己臨危時衝來一匹白馬，馬背上的王子一把將她抱起，再一看這王子不陌生，竟是自己丈夫。他在關鍵時候亮出多漂亮的一手，那麼丈夫氣，讓她有生以來頭一次享受如此的雄性保護。

她伏在他肩上坦白了她的確在那些夜晚去了賭場。她說她一心想讓他開輛好車，贏了錢自己卻捨不得買首飾衣裳，立刻去給他買了車。

他想，他和她的誤會真夠大的。但她的心願並不是毫無動人之處。他的手輕輕摸著她的頭髮，喃喃地說：「你這傻丫頭，你怎麼這麼傻……」

她聽不出他的悲哀和衰竭，說她傻就傻在她愛他，不像其他的女友那樣，愛歸愛但嫁還是嫁有錢男人。他幾乎說出口，你嫁錯人了阿翠；你愛物質幾乎是信仰所致，而愛我，只出於情慾。但他沒有吱聲，任她去講很瘋狂的戀人語言。她還說她在女朋友中是有壓力的，他開輛「咣里咣噹」的破卡車讓她有時幾乎給這壓力壓垮。

他說：「阿翠，我只要你做到一點，不賭博。」

阿翠看著他，重重地點了一下頭。他問她能不能保證。她說如果她失言，他可以離開她。

這時他看見了她眼裡汪著淚水；她已經在排演、體驗他拋棄她的劇痛了。她還這麼年輕，什麼都來得及。他那天請了半天假，兩人去了博物館、畫廊。傍晚，他們來到海灘上。阿翠像剛剛墜入情網的十六歲小姑娘，稍碰一碰她的嘴唇她就像醉倒了一樣。他問她：這樣好嗎？

她說不能更好了。

他說這都不必花銷什麼金錢，並且你花銷了也買不來的。

她醉醺醺地飲著海風，說羅杰，謝謝你。你救了我。謝謝你的寬恕。

他想，如果愛人之間血淋淋的一次次衝突，就為了這樣銷魂的一次次和好，大概也值。阿翠果真和她的女友，賭友疏遠了，常常和他進出畫廊，漫步海灘。儘管她有時會心不在焉，眼睛被停泊在不遠處的漂亮汽車牽去。

這樣撐持了兩個月，阿翠開始推說：「身體不舒服。」羅杰只好陪她過她舒服的生活。他深知她的舒服生活是些什麼內容。他見識過她在珠寶店跟人打情罵俏地殺價，如何開銷掉整整一個下午。或者翻出所有的首飾、衣服、一件一件地穿、戴、照鏡子，玩得那樣投入忘情，連他不時給她的一兩句冷嘲熱諷都聽而不聞。她時而也出門，一個商店遛到另一個商店，眼下沒有足夠的購買實力也沒關係，她可以去退曾經買的東西。退東西有時得拿出她所有的刁鑽、機智、辯才，因而她在退成一件穿得半舊的衣服時所獲的成就感，十倍於她完成一樁讓賣家虧本的購買。最令她開心的，當然是她退到的錢又夠她玩一個相同的回合。這就變成了一個永遠給她玩下去的遊戲，無休無止，令羅杰絕望。他在一旁看著，評論說她的享受必須在錢和物品的對調位置中發生。她斜他一眼，說不要裝那麼清白，我給你買的汽車你不也愛得跟命似的。他更正她，別弄錯了，車是他從信用卡公司貸款買的。她被刺傷，說你們白種人碰到錢分得真清楚啊——你的、我的！接著她便數落起來，某件西裝、某塊手錶、某雙皮鞋，我買那麼貴重的東西送給你，什麼時候說過：你的、我的?!他說，我從來沒有贊同過你這份慷慨，在我生活中這些貴重東西占最次要地位。她怒不可扼，痛心疾首，嘴裡出來一句：不要臉。

往往到此，他們兩敗俱傷地結束爭吵。如果爭吵發生在外面，其中一個必然扭頭便走，把另一個棄在當街。假如爭吵發生在家裡，有一個必得出門，不論什麼時辰。一般出門的是羅杰。

他會在寂靜或熱鬧的馬路上狂走。漸漸的，阿翠的侮罵失了效力，他有天發現自己並沒有出門的衝動，甚至順著話往下說。他說對於你，只有一種要臉的方式，就是錢。她說沒本事掙錢的人，一般都說錢的壞話。他說難道這個家裡，你是打兩份工掙錢的那位？她哈哈一笑：打兩份工？會掙錢的人用著打兩份工嗎？他想，更難聽的要來了。他說，娶你之前，我只用打半份工。她一聽這話就天旋地轉，得半晌才過得來。然後她會說：羅杰，你這個王八蛋。

一天他興致一轉，突然在兩人惡意中傷的高潮中說：「到底為什麼你這麼愛這些東西呢？」他手指著滿屋的擺設、衣物。

她給他突如其來的探討精神弄得一楞。然後她歸結地說中國人就是勤勤懇懇做工，為了享用得起最好的東西。就像她的父親、兄弟，做死做活就為了擁有土地、房屋。她說她看不出這有什麼錯。

他說他也看不出錯在哪裡。

她說那是一個民族的美德。

沒錯。他尖刻地直是冷笑。阿翠打出「民族」時，他總會陷入苦悶。阿翠在熨衣服時說：「我以為你們白種人最講男女平等，不會讓女人幹熨衣襯衣這類事。」做飯時她說：「噢，你以為中國女人不知道女性權益啊?!」

他發現文化種族的差異給她很大方便，不如她意，她就說，按我們中國人標準，你不夠格做丈夫。如果你搬出西方女人的自主，她就搬出中國女人傳統的「夫唱婦隨」，如果你說中國女人天性就是體諒男人，善於勤儉持家，她會說你是什麼陳腐觀念？都快二十一世紀了，你娶中國女人還懷這些動機不良，還圖省力省錢啊?!

結婚兩年後的一個上午，阿翠的大哥找到羅杰打工的圖象設計公司來。他問他知不知道阿翠向家裡借了多少錢。他說他不清楚，阿翠一向說父母疼愛她不過，主動貼補她。

阿翠大哥說：她撒謊。

「你的意思，是你父母不知她把錢做了什麼用途？」

「開始不清楚。她說要支持你事業，後來說不忍心你工作那麼累。直到昨天晚上，我父母才想到她把錢糟蹋到哪裡去了。」

「她去賭了。」

「你知道?!」

羅杰聳聳肩。

「你知道你不管?!」

羅杰楞了一下，還是聳聳肩膀，對這個胡亂遷怒別人的親眷，他還能怎樣？羅杰說他們共有的信用卡全被用到了額數極限，他們銀行帳戶，也是個尷尬數目。他請問這位長兄，他還能怎麼管她？

長兄說：「揍。」

羅杰說：「怎麼揍？」

長兄說：「這樣的大毛病，不揍怎麼治她？換個中國老公，就是揍。都是你縱容出來的！她回到家就指手劃腳，說唐人街落後、骯髒，說唐人街的人都愚昧！」

「我從來沒縱容過她！」羅杰憤怒地衝長兄嚷起來。「是你們給她錢去賭的！」

「我們給她錢，又不知道她拿了去賭！你是知道的！」

「你的意思是我該為她還賭債？」

「總不見得她老父老母替她還吧？」

羅杰本來有句很惡的話，但到嘴邊又吞了回去。他無意中瞥見長兄的手。一雙膚色很深，帶一種勞苦相的手。他想到他在中藥鋪子裡看見這雙手在篩子上翻曬藥材，它們握著石杵或握著竹耙的情形。這雙手在他印象中從來沒空過，此刻即便空了，那股力氣卻還存在裡面，顯得不自然。這手去忙碌、去吃力才是自然狀態。它們並不大，短短的指頭，指甲是扁方形。它們是最不浪漫、毫無藝術氣質的手。但它們牢靠、老實、自信，你可以把任何事交待給它們，任何事落到這樣的手裡，都會給做得有頭有尾。這是雙看上去不走運的手，所有的運氣就是它們永遠不閒著。長兄起身，從紙杯桶裡抽出一個紙杯，捺著飲水器的龍頭，接了一杯水，他只用一隻手做這套動作，另一隻手撐在胯上。他把杯子遞到左手上，開始飲水，右手順便拿起一張用過的餐紙，將其他人接水時灑落的水滴試抹一淨。羅杰慶幸及時煞住了自己的惡毒。

他覺得這雙手在動作起來是好看的，無論多小的動作。一些重複性勞動給它們一種機器般的準確、簡練。羅杰意識到只有久經磨煉，才會有這樣的準確、簡練。就像馴虎女郎的身軀，久經磨煉使它準確得每矢中的。

他奇怪聯想會在兩樁毫不相干的事之間發生。

阿翠長兄平靜下來。他納悶羅杰的針鋒相對怎麼突然消失。他告訴羅杰，昨天晚上家裡來了個人。

羅杰馬上知道他是誰。他問是不是個小鬍子。

長兄說的確是個紳士風度很足的土匪。他問：「你怎麼認識他？」

「阿翠把車押到牌桌上了。我差點付他百分之三十的高利貸。」羅杰說：「我設法從三個信用卡公司周轉，把錢還了他。」

「幸虧，不然他又多了個謀財害命的機會。」

「他昨天晚上說了什麼？」

「說阿翠跟他借的錢已過期了。他手上有好幾張阿翠親手簽的借據。」

長兄看一眼羅杰，他的藍眼睛成了灰色。他起身告辭，一隻短小深色的手在白種男子的肩上拍了一下，讓他意識到他並不孤立，有一家子人在和他患難與共。

羅杰給母親打了個電話，說自己染上了賭博，但「救賭組織」正在幫他戒賭。他忍受著母親泣不成聲的斥責，最終她答應幫兒子償還一部分賭債。

一星期後，高利貸大致還清，阿翠的父母賣掉了一套公寓。羅杰把母親寄來的錢也湊了進去。之後羅杰就借宿到朋友家去了。

阿翠是第一個週末來的。羅杰嚇一跳，她瘦了一圈，兩眼紅腫。她說她幾乎想去死。羅杰心裡有所觸動，嘴上卻說：「死，總是可以做最後一招，先想想怎麼還你父母的債吧。」

他沒接受她的悔過自新。

第二個週末，和阿翠一道來的還有她的老父親。瘦小的老人垂頭坐在羅杰面前，沉默了半小時，才說：「我是來替阿翠受過的。」

羅杰一陣心痛，他是一個那麼沉默自尊，不麻煩任何人的老頭，說出這句話，他就像死了一回。

「我知道她是敗家子，該事先告訴你的。我三個仔，一個女。阿翠從小就缺揍。我不強求你收下她。只是來同你說一聲對不起。」

老人說完，便顫巍巍地走了。阿翠坐在沙發上，等待他發落。她給他看她手背上紋的一隻鮮紅的甲蟲，說那是她給自己的紅字，標記著罪過和恥辱。她淚汪汪的眼波既多情又稚氣。阿翠是個身體很成熟，心靈很幼稚的女人。因而她把你招惹得心癢，自己卻渾純純的。她行為惹出任何局面，她向來不懂得去收拾。她敗在此、成也在此。羅杰想，我們都還年輕，許多事做不了感情和慾望的主。他得活下去、得呼吸、吃喝、做愛。

越大的傷害，便是越猛烈的情慾。他帶著言和與修復的心願，更帶著摧毀的力量，去進攻她的身體，他感覺自己的動作是衝撞的、施虐的。他感到她要的就是這個。她從來沒這麼過癮過，做愛這樁事從來沒給過她如此的痛快。她有這麼好的肌膚，在薄薄的汗霧下細膩得不可思議。

阿翠是個甜蜜的女人，每次當他們衝突過去，他便強烈地意識到這點。每次的決裂總讓他們一再驚異，為什麼和解時的做愛會那麼滋味鮮美。

此後的一年，阿翠變成了個傳統的中國小媳婦。她天天早起，為他裝好午餐飯盒，煮上咖啡，烤上麵包。每天他晚上下班，她總是在邊熨衣服邊看電視。信用卡的帳單來了，沒有再讓他倒抽冷氣的款項。她甚至在一家化妝品公司找了份推銷工作。他看見家裡各處出現的唇膏、健膚霜、指甲油，嘴裡又給打趣的詞弄得癢癢了。他本想問：掙的錢夠不夠收購公司產品？或者：產品不好推銷也別拿自己當託兒啊，全買回家來推銷業績照樣很糟。但他又一想，拉倒吧，她總算不再享受她那純粹的無聊了。

阿翠這天問他：「我修過一年半的會計，是不是應該繼續修下去？」

他笑了，說：「你已經可以了，再好，就好過頭了，我倒要起疑心了。」

她一下子嚴重受創，瞪著他，嘴唇微抖。緩過來她搖搖頭說：「簡直不能相信，我會愛你這樣一個不知好歹的王八蛋。」

他承認他的確有王八蛋的時候。他把她拽到懷裡說：「好了好了。我不該在你正兒八經的時候王八蛋，」但他心裡仍覺得哪裡不對勁。毛病或許不再顯著，但一定以某種形式暗中存在。

在三號街上的羅杰想，他的直覺一直很好，他從來不會無端端地挑毛病。那段平靜的日子現在來看，阿翠和他其實是非常掙扎的。他看看這個日夜營業的餐館，逛累的人們在這裡假裝吃飯，占著桌椅。他點了一份雞肉生菜沙拉。

半小時前，毛丫買的是一份油炸洋蔥圈。收款員是個和她年齡相仿的墨西哥姑娘。她說毛丫的表演很精彩，跟拉斯維加斯的雜技演員有一比。毛丫剛學了「雜技」這個單詞，於是墨西哥姑娘的一句平常話給她留下極深的印象。

*

毛丫去了趟河北，毛師傅並不在那裡。她又來到縣城雜技團，院子是一派散伙氣氛，幾張翻筋頭的厚棉墊摞在院子角落，積了去年冬天灰色的雪。

毛丫打聽到的唯一信息是毛師傅老家在山東德州。但他從七、八歲以後就沒回去過。一個曾經走鋼絲的女孩把毛丫帶到她工作的歌舞廳。她告訴毛丫這是文化局為解散的雜技團開的。毛丫問她喜不喜歡這份工作。女孩說：掙錢多啊。毛丫笑了，說：受罪的事，掙錢敢不多！女孩說：什麼比玩雜技更受罪？毛丫說：誰說的？你有沒有上過職業高中？沒有？那你就沒受過罪。踩鋼絲女孩說：跟過去練功、演出比，現在什麼都跟玩似的。

從縣城回北京後，毛丫沒回家。她在一個關門很晚的商城裡瞎逛，女售貨員胡亂拉客，請她試衣服、試化妝品。她就隨便她們往她臉上塗這樣、抹那樣。她怎麼可能回家呢？那個原該是她母親的女人會承受不住她的絕情話的。萬一那女人態度不好，再出來一兩句開罪毛師傅的話，她吃不準自己會怎樣。毛師傅是被這女人活活逼走的。雖然八豆告訴過毛丫，毛師傅是主動離去的，她仍然無法擺脫心裡的那幅圖景：老人冷清地走在清晨的雪裡。她把他圖景想像得淒烈，慘絕人寰。她肚裏成語不多，但這幅圖景使她明白，「喪盡天良」幾個字正該用到做她母親的中年女人頭上。

當毛丫心裡反復重演「毛師傅雪夜出走」的圖景時，她不知道它是許多煽動感情的電影中一個老套場面。毛師傅其實走得很正常。他覺得他的走又不妨礙他愛毛丫，什麼都不會影響他和她十八年的父女、師徒情感。他把所有的東西裝在兩個旅行袋裡，毛丫母親為他叫了一輛出租車。親媽在此刻滿心疚痛，毛師傅還反過來安慰她：「咱這可是個好閨女，幹什麼成什麼！以後就歸你們好好培養啦。」

毛丫在以後的一生中，始終認為毛師傅出走的場面就是「斷腸人在天涯」的圖解。老人蒼涼地越走越小，身影漸漸被雪朦朧了。鏡頭反打：他右肩上扛著兩個旅行袋，一個搭前一個搭後，就跟當年撿著她時一樣。

她認為她的父母拆散了毛師傅和她。

她奇怪大家為什麼不讓她消消停停踢她的碗。她奇怪極了：為什麼他們瞧不上她做得最得心應手的這樁事。人人都能上職業高中，可誰能把碗踢得這麼漂亮？何況是打了多少碗，從多少慘敗中倖存下來，才踢得這麼漂亮。人們當然不懂，當她排除了百分之九十九的不測，那碗帶著百分之一的預期著陸於她頭頂時，她那剎那間的心花怒放。人們在乎她的樂趣嗎？那是怎樣的樂趣啊，瞬間你意識到生命能夠凝練到那個烈度，情緒能升上那個沸點。人們怎麼了？會不知道當你穿越過一大片不可能，而將最終的一點可能性實現時，那便是人生極致。那種極致的歡樂。

毛丫納悶地想，這樣的樂趣，他們不准許我有嗎？他們在看著我把碗踢得這樣漂亮，會覺得沒看頭？他們認為什麼有看頭？

毛丫突然喪氣了。人們覺得歌星們有看頭。連親爹親媽都會花幾十圓、幾百圓去聽他們唱。連毛丫自己也戴著耳機，邊聽他們唱邊踢腿下腰。毛師傅常說：貓叫春了；或者：怎麼聽著跟咳嗽似的，要不就是：噢，現今唱歌講究聲兒打胳肢窩出來。

毛丫聽親媽說過某某歌星唱兩嗓子掙多少錢，某某歌星一回逃稅就逃了多少萬，某某歌星一身行頭就置了多少多少。

她聽說歌星們不少是從歌廳唱出來的。這樣想著，她走出商城。十多分鐘後，她坐在一個有歌手表演的旅館大堂。她忘了自己的臉給女售貨員抹得面目全非了。她也不知道化這樣的濃妝在晚上十點之後往往有後果。

一個後果湊上來。他三十多歲，臉不難看，剃個光頭。再細看，發現他腦瓜頂上是自然皮肉，刮的青光閃亮的是那皮肉周遭。他問毛丫要喝什麼。毛丫想也不想，就說：可樂。她還在琢磨他的頭是主動的禿還是無奈的禿。很快她得出結論：他一定禿得火了，乾脆主動一把，不再小心翼翼拆東牆補西牆，東牆西牆全拆了——這樣把無奈變為一種選擇。這個光頭的確給他果決、冷酷的風範。毛丫恍然大悟，怪不得今年夏天看見好多個三、四十歲的光頭。

「小姐從哪裡來？」

毛丫說：「從家裡。」

光頭笑了，心想，她這樣就把外地、北京的問題蒙混過去了。毛丫對這笑容感到陌生。她從沒見過男人這種無是尋非的笑。

「喜歡聽歌嗎？」

「啊。」

「會唱嗎？」

「會。」

光頭想她直統統的倒是罕見。應該算她缺經驗呢，還是態度不好？不過這副壞態度倒不般化了，非常別致。他把毛丫點的可樂往她面前輕輕一推。她道了聲謝就大口喝起來。她可是真喝，像個小莊稼漢似的牛飲。他認為她很逗，臉上化那麼專業的妝，表情是空空蕩蕩毫無想法。

「那我帶你去個能唱歌的地方。」

她跟他上了車。他原來是有車戶呢。毛丫嗅著車裡甜滋滋的檸檬糖氣味。她母親把浴室就弄成這個氣味。這氣味把陌生人的車與她的生活聯繫起來，光頭也不顯得兀突了。

光頭越來越覺得這女孩有趣。化一臉大妝，卻穿一件牛仔背帶裙，雪白的針織衫。牛仔裙前襟上有個粉紅細格子布拼繡的貓臉。幼兒園大班的服裝。她的頭髮稍微成人化一點，隨便來了個齊肩披散。他最看不透的是她的氣質，她和他認識的所有女子都不同。你不同她說話，她一點都不覺著悶，倒是你找話跟她說的時候她會猛的一恍，似乎剛悟過來同一個車裡存在著另一個人。陌生男女一停下談話就緊張的局面，在她這兒竟不發生。特別是她在看你的時候，就是專注地、正色地看你，像是根本不知道你在打她什麼主意。

他認為她化了這一臉大妝非常美麗。當然，他的審美情趣值得懷疑。

她跟著他來到一個餐廳。他人很熟，路也很熟，跟服務小姐懶懶地揚手點頭。大家跟他打招呼的時候看的是毛丫。大家心想，這個挺秀青春的大美人怎麼打扮得矛盾百出。

他和她來到一間昏暗的單間裡，歌單和食單都來了。他說你先唱。她拿起麥克風，照著電視屏幕上的詞便唱起來。唱完了，他給她鼓掌。她喝了幾杯酒之後，感覺到他和她越坐越近。他唱歌用不著看電視屏幕，一隻手鬆軟地搭在她左肩上，一手捏著麥克風，把一個個字往她臉上吹，每個字都帶著酒在腸胃裡滾過一遍的味道，吐在她面頰上。要沒那點酒，毛丫一定笑出聲來。酒使她不計較他的愚和滑稽，也讓她不計較自己的愚和滑稽。

於是毛丫在光頭眼裡簡直是兩眼秋水，多情也懂情場遊戲的妙齡女郎。毛丫在化妝後看去有二十出頭。再醉得深些。動作、笑，都放大了幾度。這也就給光頭認作是別種風情的浪蕩。

他把她再往懷裡攏了攏。

毛丫發現兩人不知什麼時候都不唱了。只有一屋子的音樂響得要爆炸。她眼睛餘光看見他的手在向她背帶裙的鈕絆移，移移、又退退，看她是否有反應。她身體一動，他便想，她反對了，就退一點。這樣的衝鋒、撤退延續了五分鐘。最後他解開了第一個鈕絆，手疲憊得要垮了似的，在原地趴了許久，毛丫心裡說，你剃光頭的果決呢？

他卻把眼睛閉上了。毛丫轉過臉，看他的左手偷偷摸摸將那個鈕絆也摘取下來。在一個人自認為他的偷偷摸摸賊頭賊腦正在成功地接近目標時，顯得可樂極了。因為是他自認為瞞住了一切眼目。

毛丫在事過之後想，假如她當時喝一聲：「嗨，幹嘛呢?!」不知事情會是怎麼個順序。

總的順序當然不會變：她和自己的前十八年斷絕關係，和親爹親媽斷絕關係。她在夜總會工作之後，便從家裡搬出來。也是一個清晨，走得也相當蒼涼。親媽和親爹找到她的住處，中年女人又是個淚人兒。她說：媽錯了還不行？我知道在老頭走的事上，傷了你的感情。不過老爺子也真夠心硬的，連信都不寫一封。

毛丫說：得了，他寫來信也給你們燒了。

她並不知道她說的是事實。她深知她母親是什麼人，幹得出什麼樣的事，果然半老徐娘更是捶胸頓足。親爹說一切都可以挽回嘛，不就是去山東把毛師傅的地址打聽出來，再把老爺子接回來嗎？他拍拍劈柴般的胸脯：「你說，什麼時候去接他，爸陪你去！」

毛丫不理他。過一會，自己跟自己笑笑。

「只要你回家，咱們都好商量，啊？」

親爹看出毛丫那一笑的不妙來，口氣怯了不少。就像哄一個打定主意要自殺的人。「學校，你不想上，也有別的辦法。」他瞅她臉色見風使舵，「接了老爺子回來，你們倆不是還能玩踢碗嗎？實在沒別的可幹，就去踢碗，好不好？」

毛丫對親爹親媽說，別以為人都跟他們似的，說了的可以不算，扔了的可以又撿。這時她拿起桌上一面小鏡子和鑷子。他們進門前，她正在鑷眉毛。她說他們從頭到腳瞧不上搞雜技的，她知道，沒關係，不過有一點他們得跟搞雜技的學學——搞雜技的講信用，講「義」字。毛丫的手還欠準確，欠狠毒，往往動幾下也拔不下一根眉毛。她這時說，我們搞雜技的是發血誓，賭死咒的人，不然能把性命拴在一塊玩嗎？

親媽見她說到這裡，挑起拔得柳柳細的眉。那根天生的眉毛還保持著她虎生生的孩子氣。女人的容貌和女孩的容貌就這樣兒在一塊，也就這樣分裂著。親媽不忍再看下去，轉開臉，卻又看見排在衣架上、門背後的衣裳。她認為它們都不正經。女兒突然來了個蟬脫殼似的，從母親給她的那層殼裡鑽出，身上出來一層截然不同的殼。她始終願意她有副乖女孩的模樣，女兒現在就在她眼前毀那乖女孩。兩滴沉重的淚水從中年女人眼裡滾出來。

這是個很小的屋，在電影製片廠的一片廢墟上搭建的。從窗子可以看見不遠處正聳起的高樓。已起了十八層了。屋內是睡懶覺、吃零嘴的氣味。還有化妝品和女性成熟的氣味，若親媽不帶此刻的偏見，倒也不失一種獨特的溫馨。中年女人卻覺得這小屋下賤、腐敗，令她恐怖。她從一個安分的知識分子家庭出來，雖然早已不再有那個知識分子的父親，他的信條一直支配她。她不能相信她逝去了三十年的父親的血液，流到毛丫這裡就流成這麼個敗類。

親爹還在勸著、哄著，毛丫仍是一副一耳進、一耳出的公然不屑。她說：「我住這兒挺好，用不著你們操心。」

「這兒洗澡都困難啊……」

「少洗唄。」

「也不安全嘛，一個女孩子……」

「我怕誰？」

「……你沒聽說現在民工跑人家裡，搶東西搶錢，好幾起殺人案了。」

「他們看得上眼的，是住你們那種房的。他們上這兒幹嘛來？還怕讓我給搶了呢。」

「……你看這窗也不結實，門栓也那麼鬆。」

「沒事，不是馬上就拆了嗎？我再租好地兒去。」

「那就別租了，搬回家來住吧！」

「再說吧。」

「別再說啊！……我們保證不逼你。你愛做什麼，還做什麼。」

舞。

毛丫心裡冷笑。他們根本不知道她真的在做什麼。他們以為她就在夜總會跳跳肚皮舞。

親媽這時看到窗臺上放著一束玫瑰，也不好好插，枯萎在透明塑料紙裡。牆角也有一束，更是垃圾了。但她床邊的小桌上，插了獨獨一枝玫瑰，深紅色，很新鮮，細長玻璃花瓶裡的水也十分清澈。這時她見女兒靠在椅背上，兩條筆直的長腿支了老遠，親爹整個人向前送去，屁股意思意思地只坐一點床沿。他整個身姿都是苦口婆心。

「你記得那個李叔叔吧？來咱家好幾回，他認識好多電視劇導演。他跟我說，閨女這麼漂亮，演電視劇多好啊……」

「行啊。我們這一帶，全是想演電視劇的。隔壁住了個湖南人，總算在電視劇裡演了個屍體。你幫我好好活動去，啊？」

親媽這時站起身，說了聲：「行啦。」她不知這句是衝誰來的，丈夫，還是毛丫。她氣息奄奄地說：「我們走吧。」她對離開家才幾個月的毛丫已完全不認識了。越談得多，越隔得遠。她覺得女兒長久以來披著偽裝，現在這個油腔滑調的，才是她的原形。她懷疑當時她扔的和毛師傅撿的不是一個人。要不就是毛師傅夫婦做了手腳。她在丈夫和女孩白費口舌時，已把毛丫的生活搜索了一遍。她目光像日本兵大掃蕩的刺刀，把什麼都挑爛戳穿，揭出許多給掩藏甚密的疑點，她挑開毛丫身上的長浴袍，懷疑那裡面是男人碰過的東西了。

她和丈夫走到門口，毛丫無動於衷地繼續拔眉毛，大聲說：「慢走。」夜總會女郎送客的腔調。

「毛丫，你別以為你懲罰的是我們。」親媽很知識分子氣地在門口回身說道，「你懲罰的是你自己。」

毛丫狠狠揪下一根眉毛。她才不懲罰誰呢。她的好生活挺合她意，一星期跳兩晚上舞，會會光頭和不光頭的男朋友。她知道他們有老婆孩子，但那不要緊，要緊的是他們都是掙錢好手。毛丫也知道他們除了她，還有別的女人。但她也無所謂，她知道她眼下是他們最寶貝的。她的壞態度反而使男人們喜愛她。其他女人都命也不要地取悅他們，只有毛丫不知天高地厚，隨著情緒走，給好態度女人寵慣的男人倒覺得她是個挑戰，有些難度，得吃點力才能討到她歡心。毛丫的壞態度純粹因為她不知什麼是好態度。

直到昨天晚上，毛丫一直感到自己在渡假。從小就五點起床，從小就懂得自律，節食的女孩從幾個月前才睡頭一個大懶覺，花一小時、兩小時就只擺弄一個臉或一頭頭髮。昨天晚上她和八個女孩走進包間，讓客人挑選時，一個人死盯著她。她一看，是八豆。

八豆跟著她出來，聲音很低地說：「站住。」

她站住了。

「你以為我認不出來你？你知道這是什麼地方嗎？」

「我掙你錢的地方。」

八豆眉毛一立：「還貧嘴。」

她立刻老實了。那一聲喝是毛師傅通過八豆朝她吼出來的。兩人默站一會，八豆拉著她往大門外走。

八豆把她帶到附近一家餐館，要了些冷菜，啤酒。他一直不看她，眉毛沉重地壓在眼睛上。他聽了毛丫說了前前後後。她當然把光頭省略了，只說受不了職業高中和父母。八豆聽著，隔一會垂一下眼皮，像是要默默熬過一小陣疼痛似的。他比她大八歲，看著她從鞋盒的長短長成現在的模樣。一個賣玫瑰花的女子走過來。八豆買了一枝盛在塑料盒裡的單枝紅玫瑰給她。

她不能接受他的提案，他要給她生活費，直到她找著她愛做的事，她說她沒文憑沒一技之長，她愛的事，事不愛她，怎麼辦？他愁了一會，讓了一步，說她先在這裡混著，一旦找到其他事馬上離開。她答應了他。她還答應了他碰到太下流的男人抽身就走。說完八豆苦笑起來，說男人哪個不下流？他看著毛丫，看了半晌說他只能眼不見心為淨。

毛丫從這一枝紅玫瑰便時常見八豆，隔一、兩個星期他會請她吃一次飯。兩人似乎又恢復了曾經的無忌憚的談天說地。八豆有女朋友，卻從來沒跟他來過。從八豆開的車，毛丫看出他生意做得大起來。

一天他把車開到一個建築工地，問毛丫想不想看看他買的房子。他明年春節結婚。兩人在售房處領了安全帽，乘一個四周沒牆的電梯上到二十幾層樓上。八豆和毛丫都是從小練雜技，不然乘這種的電梯一定腿軟。新屋狼藉遍地，坑窪不平地給舉在空中，四面的牆都還敞著口子，頭頂上露著灰色的晴空。毛丫對八豆悄語，這樣山高水險的屋也敢往外賣?!推銷員像曾經講解共產主義似的豪邁地遙指東南西北：「這兒是網球場，那兒是保齡球館、健身房……」他和如今許多推銷、傳銷的人一樣，賣的是一堆許願。八豆也像所有消費者，買的全是許願。如今到處是賣心願和買心願的：保健、美容、長壽、生髮……只是買的往往比賣的要誠篤。

這時八豆的手機響了。他說：「跟你說我在雲南，信號不好，回北京再說！……」推銷員半點也不表示驚奇，接著出售給污染弄成鉛灰色的茫茫遠方：「那一帶是高爾夫球場……」

毛丫小聲問：「八豆，你這會在雲南幹嘛呢？搶銀行還是印偽鈔？」她笑出兒時的頑皮。

「搶銀行能搶多少錢？」他的表情也很搗蛋：「現在掙比搶快多了。」

「比印假鈔也快。」

「那可不。」

八豆請推銷員先忙他的。樓頂上只剩他和毛丫了，他也跟推銷員似的，指著虛無告訴毛丫這是個六十米的大客廳，那是主臥室，陽光室，然後他告訴她，他為她留了 間屋。毛丫說他老婆準把她踢出去。八豆說：敢！他臉鐵板地轉向毛丫：你去把那份工作辭了。她說她已經辭了。他問她現在掙什麼錢。她說她剛找到一份公關工作。他說少糊弄我。她馬上奪過八豆的手機，捺了一個號碼。電話通了，她把手機塞給八豆，請他問是不是「英迪克技術公司」，有沒有個叫毛丫的雇員。八豆卻趕緊捺斷電話。

「信了吧？」她瞪著他，像對親兄長那樣惡狠狠。

八豆不理會她的兇狠，眼睛還在琢磨她。「那你大白天不上班，到處瞎跑……」

「我就瞎跑著上班。跟你學的。」

八豆立起眉毛：「我是男的！你要撒謊，我饒不了你！」

「今天你當我面就跟人撒了十次謊！還不止！」

「我跟你撒過謊嗎？」

「那我問你，你的生意是做什麼的？」

八豆考慮一瞬，一本正經地回答她：「什麼都做。」

「販毒做不做？」

「跟毒倒還真有關係。」見她臉上要出來獰笑了，他馬上說：「是戒毒。找到一種中草藥祕方，特靈。我到雲南都是跑戒毒所。真話。」

毛丫說：「我也是真話。」

兩人都明白，真話是真話，但只說了一半。毛丫上班的公司，是她男朋友做老闆的。其實掙那份錢她上不上班都無所謂。男朋友給她租了很像樣的公寓。光頭早已是她成長經驗中的歷史人物。這類歷史人物不少，有在她這兒傷了心離去的，有招呼也不打就消失的。毛丫和八豆無話不談，只有兩個話題不碰，一是踢碗，另外的，就是他們的情場遭遇。

八豆把毛丫送到她的公寓樓下。兩人都有些隱隱的不捨。她從來不邀請八豆進去坐坐。他也沒有進去的意願。他只想著，有一天他真成功了，可以對毛丫說：我知道你只愛踢碗，你就去踢吧，不就是花點錢嗎？這世道花了錢你就是主角、明星。他愛毛丫愛得很特別，從小吃喝拉撒都見過了，男女之情也難生發。他愛毛丫，一部分因為他們間有著人們認為早已落伍的江湖手足情誼，另外，他和她都敬重雜技——它使人勇敢、持恆、水滴石穿。他還有一份自己並沒認透的情愫，是一種犯罪的，近乎亂倫的感覺。正因為他們都是毛師傅的孩子，兄妹了這麼多年，他對她輕微的獨斷，那一點隱得極深的非分之想，像是罪過，又如同一切罪過那樣給他刺激，給他正常戀愛不能給他的感受。

在毛丫，情形也相仿：親情般的關係中朦朧含有一點不測，一點危險。她對八豆是表面囂張，心裡卻非常小心。

「煩了給我打電話。」八豆說。

「唉。」毛丫跳下車，笑道：「我才不會煩呢。」

她看著他車一溜煙開沒了，心裡有點煩起來。她不知道煩什麼。也許沒事可煩的事實本身就夠煩人的。她已有兩年多不再踢碗，等於休了兩年多的假。看來還得無止境休下去。偶爾有些清晨，她一個猛子醒來，像有什麼事。再一想，什麼事也沒有。一些過去的雜技界女熟人們都在談改行的事。她們說還是毛丫明智，趁年輕漂亮收手，現在錦衣玉食、金屋藏嬌了。她們現在也想給誰藏一藏，不行，太晚了，其中一個做了女老闆，自嘲說：老娘只好嬌屋藏金啦。

毛丫慢慢走進電梯，慢慢從皮包裡掏鑰匙。她很滿足。有時滿足也是煩的緣由。

*

這個時間是北京的下午四點，雪梨的晚上七點。羅杰慢慢掛上電話，慢慢舉起目光看著窗外。

電話是母親打來的。她告訴羅杰，祖母去世了。

九點多鐘，阿翠回來了，見羅杰正一個人在吃從外面叫的比薩餅。她覺得他眼睛有些異樣，說他怎麼看上去像哭過似的。他說他是哭過。她馬上一臉一身的防禦。假如他冒出什麼指控，她什麼回擊都現成。

「祖母下午四點去世了。」

她看著他，眼睛一抖，淚流出來。然後她走到窗邊，額略偏斜，靠著窗框。她呆呆的黑眼睛湧出淚珠，湧得那麼急又那麼沉默。阿翠和羅杰的祖母很投緣，每次老太太打電話，兩人可以逗半天悶子。她哭得羅杰也不忍了，上去哄慰她。她一向很能哭鬧，但這時靜悄悄的痛哭，不知為什麼，讓羅杰感到她心地的純真和善良。她是從一個情感更內在、更含蓄的民族來的。他想，為此他可以不再計較她的一切。他從她背後摟住她，下巴輕壓她頭頂，淚水流入她微微染黃的頭髮裡。

他告訴她葬禮在一週後舉行。

羅杰是一個人去參加葬禮的。他回到雪梨是星期日中午，阿翠還睡著。他見她為葬禮買的黑色鏤花旗袍，相同質料的長手套，仍掛在門廳小壁櫥裡。

他洗了個澡出來，阿翠醒了。她說她抱歉極了，那天給家裡的事絆住，趕到火車站，火車剛開走。羅杰不言語，拾起地上三天沒被打開的報紙。

阿翠上來抱住他。是個傷心優美的擁抱。她說她難受極了。真想哭。他說千萬別哭。她說他一家人裡她最愛老祖母。他說他代他一家人謝謝她。

她楞住，看著他。

「我在你家等到晚上十點。」他說。眼睛不去看她。戳穿這樣馬虎的謊言，連他自己也要羞死了。

她果真受了委屈似的，噘起嘴，孩子般奶聲奶氣地說她去一個女朋友那裡，想賣給她一些首飾，去付裁縫的錢。這身葬禮服得一千多塊呢。

「誰讓你花一千多塊參加一回葬禮？」

「以後其他葬禮，就有得穿啦。婚禮服用處不大，可葬禮，你不知道會有多少回。」她振振有辭：「你祖母特別愛看我穿旗袍。也是老太太最後一次看我穿了……」說著她又兩眼晶亮，淚水充盈。

「行行行。到末了不是也沒讓老太太看上嗎？連你臉也沒出現，何況旗袍！」

「我……跟安妮討價還價，她想花三千塊就把那個鑽戒買走，當我是白痴？冤大頭？」

他想鑽戒沒了，債還在。他為它背了兩年債，剛要結清，它已易了主。他無力地一笑。有沒有鑽戒，他才無所謂。過了幾天，他發現鑽戒又出現在阿翠手指上。她的回答是她把它贖回來了。就和她買東西，退東西一樣，這也夠她沒完沒了地賣、贖，也是她永久性娛樂，幸福就在於那一個個回合。

「這麼快，你拿什麼贖回來的？」

「拿錢呀。」

她說一連發展了十來個女友，都把她們提拔成推銷員了。

這回他心裡有些提防，打電話到她提到的一個女友家。他說自己是化妝品公司的職員，阿翠向他提供了她的電話。女友說她並不打算買化妝品。他說一週前我們公司的阿翠不是到你家，做了一次臉部保健示範嗎？女友說阿翠和她有半年沒見過面了。

他心裡一陣猛烈的快樂。非常怪戾、陰險的快樂。但他什麼也不說。

一個星期六下午，他加班回來，在樓下看見阿翠和幾個化妝品公司的女同事正試一輛嶄新敞篷跑車。那是真叫男人愛的車，那麼俊氣，又那麼駿健，通體純紅，停泊著也充滿奔跑的氣勢。

他問：「誰的車？這麼漂亮？」

阿翠嫵媚地給他一眼：「漂亮吧。」她那種眼神波浪一樣朝他靈魂的方向舔動一下，再朝他肉體的要點嘩的一下湧去。現在他已知道，為她這樣的眼神，他是要付出代價的。她說：「車是你的。我送你的。」

你看，來了。他鋒利地盯著她，刺入她一臉的神祕。

女同事說，車是贏的。

阿翠知道他對「贏」字過敏，馬上解釋說，她們參加汽車拍賣會，入場券上有彩票號碼。結果她中了彩。她又噘起嘴，討饒地用慣有的奶聲奶氣說，是好運氣找上了我，又不是我找它。

女同事們說：是啊，她才買五張入場券。有人買十張也白買。

他漸漸鬆開咬得作痛的牙關和握得哆嗦的拳頭。阿翠興奮地示範給他看，怎樣開關車篷，怎樣用音響。她說你看這個鎖多好——鎖門「叮咚」，開鎖也「叮咚」，忘了鎖門它還會出聲叫住你！最絕的是開動起來的感覺！她眼一閉，臉微仰，性高潮那樣昏沉地「嗯」一聲。

他坐到駕駛座上，阿翠坐在他旁邊。他像狠狠給馬一鞭子那樣啟動了車。阿翠發出孩子般快樂的歇斯底里尖叫。跑車離了地面似的，聲音如同扁舟滑過死水。阿翠不停地手舞足蹈，講她當時怎樣心裡念咒祈禱，默默呼喚他的名字。這事夠她講三天三夜，每個細節都有呷不完的汁水，夠她一直嚼、嚼。

他在瘋狂飛奔中突然想到馴虎女郎。十七歲的女孩重複地起跑、騰躍、空中翻滾，著陸，一層鋸末的地面上，水滴石穿地給她鑿了個洞。十七歲的她就玩著這樣一個單調的玩藝，所有生命在剎那間凝成一束白熱的光。這之外的一切，她都好說，都在她淡淡的忽略中。羅杰越來越看清了她，越來越懂得少年的他何故對她著迷，她那股寧靜的激情，那中了邪似的專注，那對於自己所從事的這樁事的深沉的、神祕的忠貞。那神祕的忠貞使她在舞臺上成了世界上最幸福最滿足的人。

羅杰在歇斯底里地狂奔中豁然開朗。人或許可以大致分成兩類，一類是大多數，一類是極少數。馴虎女郎屬於極少數的群落；它的成員自然是有天生的一堆優長，如聰明伶俐，美貌出眾，但那都不重要，重要的是他們都如她一樣水滴石穿——就像一根線，串起零散的優勢，棄下雜質。他七歲時認識一個釘馬掌的老人。他釘了一輩子馬掌，釘得那麼完美。他在釘馬掌這樁事中似乎偷享著一股祕密的樂趣，因為這樂趣別人找不著，也不懂怎樣去找。他一生就是在完善他的簡單手藝，把活做到最漂亮。羅杰想，他小時那麼愛看他幹活，原本他以為只是愛看他把活幹得異常漂亮，這時他恍然大悟，七歲的他其實是想分享他那神祕的樂子。

樂子是來自那神祕的忠貞。

羅杰更進一步想到，自己離開祖傳的畜牧業不也為了偷享他自己那點樂子嗎？就是畫筆一下一下觸在紙上，帆布上，有那麼鬼使神差的幾筆，搔到癢處，撫到痛處似的，給他不可言狀的舒服……突然一兩筆，簡直妙不可言，那已不是舒服，而是過癮是醉。不，那些最妙的筆觸所能碰的，簡直不可啟齒，因為它們觸在他心靈的性興奮點上。

可他背叛了自己所忠貞的。

阿翠對他的背叛要負一定責任，只是極小的一部分責任。

而那個大群落，是以阿翠這樣的人組成。他們熱愛物質，不斷在新的、更優質的物質中追求新歡。他們的新歡又天天、時時出現。這原本是一個不斷為他們產生新歡的世界。新的，已不夠勁，要品牌，要名氣。這可是有太多的階梯密密麻麻一路排上去，每個人得確保自己攀登的速度不能拉在別人後面。任何高於他的階梯，都是他心目中的下一步。這攀登和暗中的競賽也給他們刺激和歡樂，在觸碰一個物什時，在觀賞它、做占有它的打算時，也給他們難以言喻的快感。

馴虎女郎吃的苦頭是人人皆見的，但她的歡樂只有她自己知道。

阿翠分分秒秒的小享受小歡樂是明擺著的，好吃的好喝的好穿的好戴的，世界提供給她的這些享受，她放不下這樣又拿起那樣，目不暇接，手忙腳亂，仍顧不過來。她的享受隨時可得，顯而易見，但吃的苦頭也只有她自己知道。

那天夜裡，她摟著他，仍暈眩在擁有紅跑車的幸福中。她說：「現在你知道了吧？我就想讓你過好日子，有好車，好房子。上帝終於開眼，恩許了我。」

幾天後阿翠說她的公司開產品展示會，全集中在一個郊區旅館。他在當晚十點，駕車疾駛到一個成年人俱樂部。他走進燈光淫邪的大廳，金屬籌碼叮咚作響，彈奏著人們貪婪的神經。他在一片血腥的黃粱夢裡越走越深，四面八方叮咚聲冷槍一樣響成一片。

他在一張「翻攤」牌桌上找到了阿翠。

阿翠看他一眼，半秒的慌亂，臉部表情又恢復了先前的嚴峻。她眼睛定定地盯著自己的牌，垂死地盯著。她十分負責地出到最後一張牌，然後才站起身，等候處決地走在他前面。她沒忘記去櫃上兌換現金。然後數了兩遍鈔票，簽了稅單。非常負責，羅杰想。

走出俱樂部大門，她說：「我今天贏了一萬八。」

「可觀。」

「從那天贏了跑車，我就知道，我時來運轉了。」

「我也知道。」

「就那天吧？」她可找到知音了。

「比那天更早。」

「真的?!」她驚喜萬狀：「什麼時候你會算命啦？」

「你拿鑽戒押寶，贏了一筆錢，贏得連我祖母的葬禮都顧不上的那天，我就知道你狗運亨通，他媽的真要發了。」

「你看奇怪不奇怪？來了運氣，牆都擋不住？」突然站住腳：「那咱們再回去？我有感覺，這兩天我能把丟的錢全贏回來！」

「要贏不回來呢？」

「肯定贏。」

他穩穩地看著她，灰了的目光逼著她綠了的眼睛。

「知道嗎？我更討厭你贏錢的樣子。」

說完他徑自走了。那夜她果真贏得四周人想宰了她。她回到家是上午，大功告成地在長沙發上四仰八叉一躺，你這會給她酒、煙、鴉片，她都要，揍她，她也舒服。她說：「嗨，羅杰，一會你開車，我們看房子去，回來的路上我看見幾家在賣房。我們頭款夠了，那房子不過五、六十萬。……我真是不忍啊，看你一天工作那麼苦，跟賣給了奴隸主似的。……」

她像喝醉了酒的糙老爺們，一種海闊天空的氣勢，嘴裡話又多又響亮，漸漸混亂起來。再一看，她已睡著了。

他看她一會。她的那個小皮包裡裝著她贏來的氣派、膽略、信心，摟著它，她入睡都快多了，睡得也沉多了。連他翻箱倒櫃都不打攪她。

他打開小儲藏室。裡面堆滿阿翠的各種留之無用棄之可惜的廢物。他費不少力才拿出他的東西。一只紙箱裡放滿酒瓶。誰喝了這麼多酒？他喝的。多可怕，短短的婚姻，他得就著這麼多酒來吞嚥。不久他找出四年前的畫作，四年前他的手擠過的顏料管，握過的筆。他撣去灰塵，翻看一張張畫，從二十五歲一直翻到十四歲。

假如生活允許，他會畫出名堂，成個有出息的畫家嗎？也許會，也許不會。假如他不墮落在這些廉價劣酒裡，不墮落在偵察阿翠，同她雞零狗碎地爭吵，卑瑣地同她作對，他會畫出驚世駭俗的畫嗎？他不知道。就像那釘馬掌的老人，所有圖頭就是把活做得更好、更漂亮。做漂亮了，他就樂顛顛的，他就不同世界一般見識。羅杰如果不浪費四年生命，或許會有個人畫展、集體畫展，或許會有收藏家開始關注他。或許沒有。不過那都無關緊要。要緊的是，他得呼吸、得吃喝、得做愛、得畫畫……

阿翠正日夜顛倒的酣睡。

羅杰背著簡單的行李，走出了公寓。他的腳步踏在秋葉上，夢一般缺乏地心引力。他沿著冬天下午的路向前走，暫時尚不知去哪裡，分居、離婚的概念要一段時間後才能回到他的思維中。他只是在走開，把阿翠留給她的輸、她的贏、她的新跑車。

他在一年後走在聖塔莫妮卡的海灘上，想到自己當時失重的步伐。這時他見一個年輕姑娘坐在他常坐的那把長椅上。是個亞洲人嗎？是的。從背後看，也馬上辨出她是中國人。他想上去問問她：可以坐在你旁邊嗎？但她把最後一小塊麵包揉碎，灑向饞癆的胖海鷗，便倒下身躺在長椅上，用一件絨衣蓋住身體，一頂棒球帽蓋住臉。

羅杰想，要來一陣風，吹走她的棒球帽，他就能看見她的臉了。又一想，多麼無聊輕浮，帽子下面的臉好看難看和我有關嗎？

帽子下是毛丫的臉，是羅杰喜愛的那種類型。她每天晚上踢碗掙三、四十圓，週末七、八十圓，夠了，她吃得不多，除了租一間地下室花去她百分之八十的收入，她看不出有什麼必要挖空心思掙錢。她在棒球帽後面閉上眼。她一星期表演四個晚上，早晨練功，中午對著太平洋吃一份自製三明治。她想不出還有比這更自由自在的生活。她滿足地嚼著一片火腿兩片西紅柿和一只煎荷包蛋的三明治，它從來沒讓她吃厭，總讓她感到味覺之旺盛，消化系統之積極，海風和陽光之美味。

羅杰走過毛丫，又回頭。馬上意識到自己的可笑：幹嘛要知道她是做什麼的呢？她做什麼對他毫無意義。這樣笑著自己，他走開了。不快不慢，不急著去哪裡，卻目的地明確。毛丫這時若醒來，會看見他那矯健、年輕的步子，會覺得這個人走路姿態很好看。他其實走得正合她內心一種節奏，自由、即興，卻絕對暗含一個拍節，像節奏融化了的爵士樂。毛丫奇怪地喜歡上了爵士樂，流浪的娓婉使人想戀愛。無拘無束的，浪跡天涯的戀愛。

*

冬天，羅杰離家出走時，正是北京的夏天。毛丫和八豆坐在「硬石」吃飯。周圍都是時髦男女，全不管食物多麼難吃。不少外國佬在這兒混一個思鄉之夜，找到其他的非本地佬共喝幾杯「月是故鄉明」的進口啤酒。

因為八豆買的新房延期竣工，他的婚期也得跟著延。

八豆喝了一瓶啤酒，又要第二瓶。眉毛把眼神都壓垮了。她知道他仍和自己父母有較密切的往來。他們有重活或需要用車，就打電話給他。

她給他斟上啤酒。她不知道這動作給她做得多自然、體己。第二瓶啤酒喝了多半，他告訴毛丫，毛師傅過世了。毛丫直著眼，開始目光很遠，漸漸的，退到離她鼻尖一尺的地方。她就瞪著一尺遠的黑暗，聽八豆講前前後後。

毛丫的父母前兩天收到一個沉重的郵包，是毛師傅的遠房姪兒寄給他的。姪兒說毛師傅病故前請他把它郵到北京。他還說毛師傅一直在一些地區、市、縣的雜技班做教練，做到他病倒。

毛丫問郵包在哪裡。八豆說已拆開了，裡面是一套細瓷青花餐具。八豆領著毛丫到停車場，打開後備箱。郵包是個木箱，裡面盛了十二只碗，十二個大盤與小盤，十二個茶盅茶碟，十二個湯匙。毛丫拿出那封未被啟封的信，上面是毛師傅的筆跡：毛丫親啟。

回到「硬石」，一個搖滾樂隊正在卸樂器，三個黑人兩個白人。

毛丫把毛師傅的信讀了至少五遍。信沒多少字，只說他給毛丫準備了這套瓷器做嫁妝。老頭兒在信的結尾還開了句玩笑，說：「以後小倆口吵架，可不許摔這些碗。」

八豆想，毛丫這樣瞪著一尺遠的黑暗，可不正常。

燈全暗了，搖滾樂開始介紹樂手，演出馬上要開始。八豆推推毛丫，給她一張乾淨的餐巾：「現在沒人看見你了，哭吧。」

他見她沒反應，又說：「大聲哭，一奏樂反正什麼也聽不見。」

毛丫一直在想毛師傅最後一次對她笑。那是三年前，她答應了父母去上職業高中，要回軍隊雜技團去參加最後一次巡迴演出。毛師傅在電梯關門前跑過來說，他去團裡幫她把不用的東西先搬回來。她說沒什麼可搬的，搬不動的就扔了。他笑著說她是個小敗家子。

那竟是毛師傅和她的永別。

八豆想，在這個地方把消息告訴她是對的。美國樂隊能唱能鬧，她可以分些神。唱了幾十分鐘，燈光又亮，歌手樂手們稍事休息。毛丫臉是朝著樂隊方向，但目光仍只有一尺遠，八豆說，要不咱走吧。

她便乖乖地跟他站起來。餐廳的黃金時間到了，擁擠不堪。毛丫突然扭頭，看著一個中年男人。她走到他身邊，左手撐在胯上，右腿斜支出去，好一個年輕的潑婦。八豆不用看她臉，光是背影就讓他看出她在撒野。中年男人惶恐地對她陪笑，看來是怕極了她。

樂隊又奏起樂，兩人的話給淹沒得一點不剩。只有毛丫和中年男人自己明白他們在吵什麼。中年男人明白毛丫在罵他祖宗八代，罵他兒子沒屁眼，罵他豬八戒。中年男人是和兩個女人一道來的，就對毛丫說：我們出去說吧。毛丫抽手給了他一耳光，說：我偏在這兒說——你個豬八戒缺八輩子德，真名真姓都不敢用！……

八豆上去喝斥她，不嫌丟人現眼！……

中年男人扯住毛丫，毛丫又抓又搔。兩人拉扯到餐廳外面。八豆拾起毛丫一路掉落在地上的小皮包、短外套，再過一會，一雙皮鞋。

中年男人和毛丫此刻來到立交橋下，兩邊是向南與向北的車流。八豆沒及時穿過馬路，給洶湧的車流攔在馬路那邊。他只看毛丫先是動嘴，後來便動起手來。中年男人並不想還手，只是將毛丫的巴掌、拳頭及時接住，僵持在半空。毛丫看上去把小半生的不順心不隨意全發作出來了，劈頭蓋臉，鋪天蓋地地一次次地全面進攻，撲空也沒關係，打空也不要緊，力氣到了就行，狠發出來便好。

等八豆趕到時，毛丫正拽住中年男人的左臂。她滿臉眼淚、鼻涕、汗水，頭髮濕漉漉黏在臉上，吊帶裙的一根帶子也斷了，裸體與否取決於剩下的那根一毫米細的帶子。

她用手一擼，把中年男人的手錶抓了下來。

中年男人見八豆過來，要他主持公道地說那塊錶是「勞力士」，毛丫實在要錢，他可以給錢，但錶該還他。

八豆噁心地看她一眼，厲聲說：把錶還給他。

毛丫說這豬八戒把她扔在廣州，連旅館費用都是她付的。

中年男人說他不是有意的，回香港給生意拖住了。公司的副總貪污，……

八豆說：管你貪污不貪污。欠她多少錢，快掏。

他見八豆不高不矮，全身是俊美的肌肉，兩手雖是垂在身體兩側，卻像微微拉著功架，被寬肩和兩片過大的胸肌架在那裡。這類人在香港是有專門飯碗的。他忙說他手上只帶了三千塊錢人民幣。

八豆看一眼毛丫。她仍在無聲地嚎啕，渾身發抖。

中年男人哆哆嗦嗦地開始掏錢包。毛丫突然上來，嘴裡嘶啞地喊著：誰要你的臭錢！她劈手奪下錢包。她像隻馬上要把一個耗子撕爛的貓仔，渾身乍著毛，骨架全撐起，繃足了力，儘管這個耗子比她體積大許多。淚水還在不斷疾湧，嚎啕在她胸腔裡繼續。她就這樣看著糟蹋了她一段生命的人。那生命是毛師傅從地上捧起的。世上一切不愛惜毛師傅花在她身上心血的人，對毛師傅、毛師娘塑出的那個毛丫竟敢沾污的人，此刻都在她的面前，她要為毛師傅，毛師娘撕了他們。她全身從裡到外地發著狠。

然後她把錢包和「勞力士」手錶往車流裡一扔。

毛丫開始恢復練功是毛師傅去世半年之後。八豆領著她去見了一些組織電視節目的人，還有廣告公司。八豆總是請這些人吃飯，飯桌上這些人答應可以讓毛丫給他們表演一下看看。毛丫便一個一個地為他們踢碗，踢出許多絕招，但事後她馬上覺得很受辱。她覺得在這些人面前亮出毛師傅教她的招數，等於是當他們的面扒衣服。扒衣服也沒關係，得扒給對你興趣的眼睛去看，而毛丫覺得自己是硬送上門去扒衣服，看的人完全無動於衷。都說：「不錯不錯，踢得不錯。」毛丫卻明白，這等於一個七十歲老太和她一塊給他們扒衣服，他們看到的是一個效果。

終於有家廣告公司跟毛丫簽了合同，讓她踢幾小時的碗，錄下像一剪，剩了幾秒鐘。不久，毛丫父母在電視上看到這個衛生棉廣告。表示用了這種衛生棉的女郎還能無忌憚地把兩腿掄那麼圓。不管怎麼樣，親爹親媽還是頗受鼓舞，到毛丫的公寓造訪了一次，要她加把勁，爭取做除衛生棉以外的廣告。

毛丫就這樣按門外漢的指教偶爾踢踢碗。踢一次，她就對八豆發一次脾氣。

替毛丫租公寓的現任男友要去美國培訓。男友叫唐飛，說毛丫要能跟他去他們可以好好過一年。唐飛無趣雖無趣，倒始終對毛丫有些長打算。毛丫做了衛生棉廣告，在他眼裡就是明星。

毛丫問他，美國有踢碗的嗎？他說在美國踢碗，等於唱京劇。她又問：那唱京劇呢？他說，唱京劇的在美國，就等於在北京天橋打非洲的鼓。她說：那又怎麼了？他說是沒怎麼，你要在天橋打非洲鼓，誰能把你怎麼？那你也別費事了，不如直截了當，到過街天橋上，地下道裡，裝個瘸子瞎子，跟人要錢。

八豆是在春節前被捕的。他賣的戒毒藥吃死了兩個戒毒者。八豆做了這麼久的藥品生意，連藥檢、臨床經驗都不理會，就買通一些關係賣起藥來了。出了人命，才來認真檢驗藥的成分，發現裡面本身就有毒品，用一毒戒另一毒罷了。八豆不是故意的，他賺錢心太切，也沒時間學這方面知識。

是親媽把消息告訴毛丫的。親媽在電話上說話不方便，專程跑到毛丫住處。她淡遠地聽親媽聲討：「耍雜技的，就你們這點素質！我早就知道，沒幾個好東西！我後悔當初不該去老頭兒那兒把你認回來。我辛辛苦苦工作，末了受你們這些下三濫兒牽連！」

「那您回家好好看八豆送您的DVD，吃他買的花旗參吧。」

親媽還沒出完氣，文不對題地衝毛丫來了：「你以為你是誰？不就做做衛生棉廣告嗎？」

「衛生棉條也找上我了。還有宮頸糜爛的藥。我是這方面的專業戶啦。」

親媽走後，毛丫馬上打電話到「英迪克技術公司」。她說她想好了，要跟唐飛去過一年美國日子。八豆的失去，是她跟毛師傅這個親族最後一點聯繫的斷絕。她想著一副情形：毛師傅抱著盛在鞋盒裡的毛丫，八歲的八豆正幫全團的人在門口排隊買豆腐。男孩問老頭兒，躺在鞋盒裡的是什麼玩藝兒。老頭兒說，是你妹妹啊。男孩恐懼地瞪著基本是人形的小東西。那是八豆、毛丫的第一個會面。

毛丫到美國的第三天，就發現了著名的三號街。一種神祕的熟識感使她走不動了。她看著每個人以自己的愛好過著自己的節日。他們做的每樁事都不十分地道。但這不礙事，他們樂意。毛丫想，真有這麼個地方，專門給這些人過癮的。這地方沒人來給你幹的這行定位，告訴你它怎樣沒前途。對你說：嘿，看看周圍，有誰還幹這個？沒有人告訴你：現在興哪行哪業，眼下幹哪行哪業吃香，幹哪行哪業是找死……她走過一個五十多歲的女人，她正在做一個玻璃耳環，做得津津有味。你若告訴她，現在幹某個行當比做耳環吃香一百倍，幹那活讓你發死。她會說：我這不是幹活。一個人要是愛自己正做的，它對他就不再是件活兒了。它就是個樂子。你看，我怎麼會不要樂子要「發死」呢？

毛丫認為，他們各做各的，沒有壓力；他們的生活中不存在親媽那類人認定的樣板，他們就把他們會的玩給你看，你不好好看，他們也是要玩的。原來真有這樣自由的一條街，泥沙俱下，魚目混珠，但不要緊，只要你樂意。毛丫在國內也想對所有人說：我樂意！但她說不出口，因為她怕一說就孤立透了。是人都怕孤立。在這條三號街，毛丫不會孤立。

她便在兩個星期後來到三號街，開始了她自由快樂的三號街生活。一年過去，「英迪克」來培訓的人偶然在三號街看見了她。他們正要結束培訓，準備回國。得了信唐飛跑到三號街，說他以為毛丫被人綁架了或謀殺了，早就向警察報了警。他要毛丫跟他走，她沒有簽證沒有身分，警察找著她就會立刻押她出境。她說謝謝操心。他只得隨她去了。但他向警察報告說：要他們尋找的那個人還活著，在三號街。警察認為這事更對移民局的路子，就把案子轉到移民局去了。

移民局按警察局提供的照片來到三號街。他們一行有兩個人，都是華裔，是移民局專門豢養的對付同胞的骨幹。他們是最嫌自己同種族人丟人的那類人。他們認為中國人站沒站相，坐沒坐相，西裝穿得慘不忍睹，分明在這個國家是對他們血統的醜惡提醒。他們想這樣出醜就該把他們關在中國國內，隨他們怎麼醜去。不然老讓中國這個偉大文明古國擔許多醜名：嗓門太大、隨地吐痰、亂插隊等等。他們最怕自己在為祖國自豪時，有人指著唐人街說：就那樣的？亂哄哄的唐人街再加上東張西望的中國旅行團、培訓團，使醜惡提醒不斷刺痛他們：我和他們是同一族人。

所以他們對於這樣的同胞們最下得去手。他們正尋找那個踢碗的中國女孩：看看，又來個丟人現眼的，當街雜耍去了。

踢碗的女孩這天晚上來得晚些。她在經過一個小熱鬧區時，看見兩張人物素描框在鏡框裡，高高掛著，不是好萊塢明星和球星，是兩個普通觀光者的肖像。連她不懂畫的人也覺得它們非常有趣。她想畫這麼生動的畫的人是不是也很有趣呢？看過去，卻只看見一個側影，是那種中她意的面部線條，她忽然為這個想法心裡一亂。他正在長時間端詳給他畫像的女人。然後他在紙上落了一筆、兩筆、三筆……

毛丫還得趕著去表演，便走開了。

羅杰瞥見她的身影，心也一動，想這身影是特別有形狀呢，還什麼其他原因吸引了他？他得畫畫，他不能跟上去繼續分析。

*

他拿定主意去美國之後，忽然收到了阿翠的電子信。他和她分居已有半年。她在電子信中邀請他到她新居看看。他回信祝她有了新居。她下一封信說他一定得看看這幢有四十多棵玫瑰的房子。他又回信讓她好好享受玫瑰。她仍不罷休，又寫信說他得看看那座壁爐上掛了他的畫是什麼感覺。他說他相信有兩座壁爐的房子一定很寬敞，住寬敞的房子一直是她的理想，他很高興她的理想終於實現。

最後他拗不過她，還是去看了那座用賭桌上來的錢買的房。她可真行，大了四倍的空間已經又給她填滿了各種擺設。阿翠愛這物質世界可真愛得深沉、真誠，從最糟的到最好的，她都愛。

她領他去看一間間屋。把一間屋稱作「畫室」，說羅杰可以在裡面隨心所欲地畫畫。

另一間，她說：這是嬰兒室。對她剃頭挑子一頭熱的幸福感，羅杰充滿同情。他們回到客廳，她等著冰淇淋似的仰臉看著他。他想但願她這場滿足持續得長久些。

她問：「你喜歡嗎？」

「喜歡。」

「你不為事先沒徵求你意見怨恨我？」

他咧嘴一笑說：「你什麼時候徵求過我的意見？」

她抗議了，說：「我買很小的東西都徵求你意見！」

「對，只有買一根火雞腸，還是紅腸的時候。」

「就是啊，連那都徵求你的意見！」

「謝謝。」

她拉他到後門，指著院子對他說：「我們可以在院子裡種茄子、黃瓜、番茄。你說種什麼好？」

他說都好、都好。他想，她要把院子也塞滿。她是那種塞滿了才安全的人。

「你說呢？番茄、黃瓜，還是乾脆種兩棵果樹？我女朋友家的枇杷特別甜！」

她是活給她女朋友看的。女朋友們也活給她看，給她提供永遠的生活參照，奮進方向。

他硬不下心來說：那是你自個的事，別「我們、我們」的。他好歹讓這場拜訪圓滿結束了：他在阿翠抱他抱出意思來的時候及時抽了身。他緊緊咬住牙，才成功地沒來一場「小別勝新婚」。

吃了晚餐，他回到自己住處，腦子清醒不少。絕對不能再回到阿翠的買東西、退東西中去了。她的輸、贏，贏、輸，他也受夠了。他得躲開她的甜蜜，得承認，阿翠是個甜蜜的女人，不過謝謝上帝，他再不能為這甜蜜付代價了。

羅杰卻硬不下心來對阿翠說實話：阿翠你另打主意吧，別做破鏡重圓的夢了。你有了好房子好車子，就該去過你的好日子了，也讓我過一回我的好日子。我的好日子特別好辦，就是呼吸、吃喝、睡眠、畫畫，侈奢的話，再有個碰巧也把這認為是好日子的女人……

羅杰想著阿翠在電子信上對他的臭罵，說他天生下賤，沒住好房的命，一看要付買房貸款，離婚起訴書都嚇出來了。他一面支應她，一面打點行裝，準備徹底逃離她。

他的男友們一塊打網球時常奚落他，說他中了亞洲女人的邪。他說他們狗屁不懂。就像他在遇上阿翠時狗屁不懂一樣。不懂才把一些特質往種族上頭歸。包括阿翠自己，什麼都往「我們中國人」上一推，完事。

他無法把自己的覺悟告訴男友們：邪或許是中了一點，在他少年時期。那個年輕的馴虎女郎讓他一生都在想那貌似弱小的強大，那貌似嬌嫩的堅韌。他在十五年以後的歲月裡不時想到他看見她時的感動，無論是她表演、練功，還是她哺乳，折疊衣服。她的確有阿翠講的「吃苦耐勞」，但「吃苦耐勞」更是她的情調，是並非功利的一種自然。正是「吃苦耐勞」已在她的無意識中，她對它是完全忽略的。她忽略一切，只為一個騰翻；為一個精彩招式達到極致時，她得到的一剎那狂喜，從一大片忽略，到登峰造極的狂喜，她完整了，滿足了。那一份心靈的自給自足，那一份與世無爭的平實。羅杰在阿翠的相反例證上，一點點推敲出另一個亞洲女郎的質地。

阿翠幾次到他公司來，要他同她一塊回「家」。一次他突然說他父親退休了，賣了農莊，把祖母名下的一份錢，按老太太的遺囑，給了羅杰。他寫了張支票，遞給阿翠。她馬上好受很多，驚喜地瞪著他，意思是，你裝得真像啊——我以為你真的不愛我了！他想，即便在她父親、她大哥、二哥和她家的伙計身上，他都能找見馴虎女郎的影子。寧靜地勞作，勞作過程的本身就使他們安寧和安全。

他的愚蠢，同他的男友和阿翠是相同的，以為把一切推到種族上去，就有了所有答案。這時他收了畫架。已是九點半。他想起自己似乎沒吃晚飯。他朝日夜服務的餐館走去。

毛丫在羅杰朝她這個方向走來時，正把一個青花瓷盤托著的碗和湯匙踢起。它們在她頭頂落定時是有一點參差的，極小的一點。這就出來「叮叮叮」三聲。不過在其他人聽，仍是一聲。在羅杰聽，是完全的靜默。

毛丫感到這一點點不測放在一大片預測上，在她心裡激起瞬間的喜出望外，真妙極了。她兩個嘴角翹起來，這就是樂子啊。

人們見這個淺色頭髮的高個男人背著兩只折疊凳和畫架，往前移了移。現在他離踢碗的姑娘最近了。人們見他有雙天藍色眼睛，馬一樣善良疲憊的長臉。這是個在儀態上、口音上和美國男人有區別的男人。

毛丫開始向側面踢，向後踢。「倒踢紫玉盞」使她抬起兩眼，面容突然一下有點走樣。

精神集中到了靈魂出竅的地步。然後碗、盤子，湯匙飛起、落定。

人們便「喔」了一聲又一聲。這些人們中，兩個移民局的華裔當差想，再讓她耍一陣吧，她還不太丟人。

人們都沒有去注意那背畫架和折疊凳的男人。他慢慢放下折疊凳，是要打算長久看下去的樣子。隨後，他把身上重物全擱在打開的凳子上。

毛丫想，今天怎麼了？冒出這麼多人來。有人笑嘻嘻地拿了一個玻璃杯來，遞給她，請她踢，許願給她五塊錢。她接過杯子，用心在手裡掂量著，然後將它踢到了頭頂，穩當當立住。人們便又是一聲的「喔」。這樣就形成了一個情緒高潮：不斷有人拿不同的東西給她踢。她就一件一件地踢，各式各樣地踢，前後左右地踢。因物件的不同，她身體中精神中的凝聚力也不同，她每一次成功的快感也就不同了。一個香檳酒杯擱到了她的腳上，然後起飛，劃出弧線……

羅杰覺得怎麼會看到了這樣奧妙的場面——每個杯盞或碗碟都有它自己的意圖、個性、姿態，卻都逃不出她對它們的馴化，逃不出它們與她之間宿命的相屬。

他不知覺已坐在折疊凳上。

差不多高的人群突然矮下去一個，她看他一眼，認出他就是那個讓她心亂了半秒鐘的畫家。

她踢得神了。那些碗碟杯盞成了她一部分知覺，有根不可視的神經連接她和它們。那知覺可以任意伸縮，每一伸縮卻都有一絲偶然。就像芭蕾的每一個完美的旋轉、跳躍，足球、籃球最漂亮的進球，精彩到極致的事物是百分之九十九點九的必然中的偶然。那偶然給人永遠留期冀的空間。

羅杰從畫夾裡撕了一小頁紙，寫下自己的名字和電話號碼。他要等她結束表演時給她。她踢出一個過大的拋物線來，像是歧路，其實不是，香檳酒杯回到了她的控制中。

她就這樣樂此不疲地踢著，所有碗碟杯盞環繞她起舞，眾星捧月地為她跑著龍套。她可以把一切變成龍套。像她能把兩隻大虎變成龍套一樣，羅杰想。他又想，這和種族真沒什麼關係。現在他確定了這一點。

兩個移民局當差想，這時我們把她押解走了，人們一定把我們看成反派，他們不知道，在不少人眼裡，他們從來就是反派。他們交流一個眼色，不如跟蹤到她住處去。這樣，他們對她的追捕就延遲了幾小時。

寫著名字、地址、電話的紙在羅杰手裡一裁兩半。那一半，他要請她留下她的名字、地址、電話。他不知道她其實是他鄰居，住的同他相隔一條窄馬路。她紅色小褂湮了一片汗漬。動作更加潤滑流暢，所有瓷的、玻璃的、水晶的物件都通了人性，與她共舞。

羅杰看著她停下來了，朝人們鞠躬。她在他眼前抬起臉，笑笑。他也笑笑。

兩人的目光有一剎那的鎖定。

毛丫覺得這一剎那可不一般。她並不懂，那是因為她從一個渾頑女孩剎那間變成了個女人，就在這個男人眼前完成了最後的成長。

*

我看著他們肩挨肩走進那個日夜服務的餐館。隔著帶霧氣的玻璃，他們的身影虛去了。他和她在窗子跟前坐下來，身影又清楚了。他們相互間看的多，談的少，看看，都微微一笑，心領神會。移民局的官員還有兩三個小時才會走進我眼前的畫面。他們將拿著一張她的照片，說對不起，可以打斷一下你們的談話嗎？我們是美國移民局的。官員們現在還等在她的公寓樓下。這兩三個小時裡，他們可能會靈機一動，從餐館去海灘，或去一個情調好的音樂吧，或者，去他的住處。

這時，我看見他拉起她放在桌面上的手。

金陵十三釵

我姨媽書娟是被自己的初潮驚醒的，而不是被一九三七年十二月十二日南京城外的炮火聲。她沿著昏暗的走廊往廁所跑去，以為那股濃渾的血腥氣都來自她十四歲的身體。天還不亮，書娟一手拎著她白棉布睡袍的後襬，一手端著蠟燭，在走廊的石板地上匆匆走過。白色棉布裙襬上的一灘血，五分鐘前還在她體內。就在她的宿舍和走廊盡頭的廁所中間，蠟燭滅了。她這才真正醒來。突然啞掉的炮聲太駭人了。要過很長時間，她才會從歷史書裡知道，她站在冰一般的地面上，手端鐵質燭臺的清晨有多麼重大悲壯。幾十萬潰敗大軍正渡江撤離，一座座鋼炮被沉入江水，逃難的人群車泥沙俱下地堵塞了幾座城門。就在她樓下的圍牆外面，一名下級軍官的臉給繃帶纏得只露一個鼻尖，正在剝下一個男市民的襤褸長衫，要換掉他身上血污的軍服。我姨媽書娟這時聽見這駭人的靜啞中包容的稠濁人潮。她也是後來才知道，正是那個時刻，人們抱著木盆、八仙桌、樟木箱跳進隆冬的江水，以生命在破城而來的日本軍隊和滔滔長江之間賭上一局。

書娟收拾了自己之後，沿著走廊往回走的時候，不完全清楚她身處的這座美國天主教堂之外是怎樣一個瘋狂陰慘的末日清晨：成百上千打著膏藥旗的坦克和裝甲車排成僵直的隊陣，進入停止掙扎、漸漸屈就的城市，竟也帶著地獄使者般的隆重，以及陰森森的莊嚴。城門洞開了，入侵者直搗城池深處。一具具屍體被履帶軋入地面，血肉之軀眨眼間被印刷在離亂之路上，在瀝青底版上定了影。

這時我姨媽只知一種極致的恥辱，就是那注定的女性經血；她朦朧懂得由此她成了引發各種淫邪事物的肉體，並且，這肉體將毫不加區分地為一切淫邪提供沃土與溫床，任他們植根發芽，結出後果。我姨媽書娟在這個早晨告別了她渾沌的女孩時代。她剛要回到床上，聽見窗外暴起吵鬧聲。樓下是教堂的後院，第一任神父在一百年前栽的幾棵美國胡桃樹落盡葉子，酷似巨大的根莖倒扎在灰色的冬霧裡。吵鬧主要是女聲，好像不止是一個女人。書娟掀開積著厚塵的窗簾一角，看見胡桃樹下的英格曼神父。他尚未梳洗，袍襟下露出起居袍的邊角。書娟的室友們竊聲打聽著消息，都披上棉被擠到窗前。英格曼神父突然向圍牆跑去，書娟和七個同屋女孩這才看見兩個年輕女人騎坐在牆頭上，一個披狐皮披肩，一個穿粉紅緞袍，紐扣一個也不扣，任一層層春、夏、秋、冬的各色衣服乍瀉出來。女孩們和書娟都明白了，英格曼神父在阻止那兩個牆頭上的女人往院裡跳。

書娟聽到走廊裡的門打開，另外幾個房間的女孩跑下樓去。等書娟跑到後院，牆上已坐著五個女人了。英格曼神父沒有阻攔住剛才的兩個，連看門的阿顧和燒鍋爐的陳喬治也沒幫上忙。英格曼神父一看身後的女孩們，對阿顧說：「把孩子們帶走，別讓她們看見她們。」他未及剃鬚的下巴微妙地一擺，指著牆上牆下的女人們。書娟大致明白了局面；這的確是一群不該進入她視野的女人。女孩們中有一些世故的，悄聲說：「都是堂子裡的。」「什麼堂子？」「窯子嘛！」……

阿多那多神父從胡桃林中的小徑上跑來，早早就喊：「出去！這裡不是國際安全區，不負責收容難民！……」他比英格曼年輕二十多歲，一口純正揚州話，讓爭吵懇求的女人們楞了一會才明白發言的是這位凹眼凸鼻的洋僧人。

一個二十六、七歲的窯姐說：「我們就是進不去安全區才來這裡的。」

一個十七、八歲的窯姐搶著說：「安全區嫌姑奶奶們不乾淨！」

「來找快活的時候，我們姐妹都是香香肉！……」

書娟讓這種陌生詞句弄得心跳氣緊。阿顧上來拉她，她發現其他女孩已進了樓門，只剩一兩張臉從裡面探出來。伙夫陳喬治已得令用木棒制止窯姐們的入侵。但他的棒子只在磚牆上敲出敷衍的空響，臉上全是不得已。那個二十六、七歲的窯姐突然朝英格曼神父跪了下來，頭垂得很低，說：「我們的命是不貴重，不值當您搭救，不過我們只求好死。再賤的命，譬如豬狗，也該死個乾淨利落。」

英格曼神父不動容地說：「我對此院內四十五位女學生的家長許諾過，不讓她們受到來自任何方面的侵害。依小姐們的身分，我如果收容你們，就是對她們的父母們背信棄義。」

阿多那多神父對阿顧咆哮：「你只管動手！跟這種女人你客氣什麼?!」

阿顧捉住一個披頭散髮的窯姐。窯姐突然白眼一翻，往阿顧懷裡一倒，癩痢斑剝的貂皮大衣滑散開來，露出裡面淨光的身體。阿顧老實頭一個，嚇得「啊呀」一聲嚎起來，以為她就此成了一具骷髏屍。趁這個空檔，牆頭上的女子們紛紛跳下來。其中一個黑皮粗壯，伸手到牆那邊，又拽上來五、六個形色各異，神色相仿的年輕窯姐。阿多那多神父一陣絕望：秦淮河上一整條花船都要在這一方淨土上登陸了。心裡一急，他嘴上也粗起來：「你們這種女人怕什麼？夾道歡迎日本兵去啊！」

阿顧想從懷裡死活不明的女人胳膊裡脫身，但女人纏勁很大，怎樣也釋不開手。英格曼神父看到這香豔的洪水猛獸已不可阻擋，悲哀地垂下眼皮，在胸前慢慢劃了個十字。

樓上所有的窗簾都打開了，女孩們看見掃得發青的石板院落給這群紅紅綠綠的女人弄污了一片。女人們的箱籠、包袱、鋪蓋也跟著進來了，縫隙裡拖出長絲襪和緞髮帶。

我姨媽此時並不知道，她所見所聞的正是後來被稱為最醜惡、最殘酷的大屠城中的一個細部。她那時還在黛玉般的小女兒情懷中，感傷自己的身世。我姨媽書娟驚訝地看著阿顧怎樣將那蓬頭女人逮住，而那女人怎樣就軟在了阿顧懷抱裡，白光一閃，女人的身子妖形畢露，在兩片黑貂皮中像流淌出來的一灘骯髒牛奶。我姨媽一下子把她的不幸身世與這不堪入目的圖景聯繫起來：我外婆得知我外公和一個秦淮河青樓女子的隱情之後，做主替他應承了一項講學計畫，促他去了美國。出國不久，外婆懷上了我母親書妤，又做主留在美國分娩。外婆想以距離和時間來冷卻一段豔情，她信心十足：戲子無情，婊子無義。書娟快步回到寢室，已停止怨恨撇下她的父母；樓下十幾個俗豔女子已成為她心目中的仇恨靶子。

局面已不可收拾。女人們哭嚎漫罵，抱樹的抱樹，裝死的裝死。一個窯姐叫另一個窯姐扯起一面絲絨斗篷，對神父們說她昨夜逃得太慌，一路不得方便，只好在此失體統一下。說著她已經消失在斗篷後面。阿多那多用英文喊道：「動物！動物！」

英格曼神父臉色蒼白，對阿多那多說：「法比，克制。」法比・阿多那多長在揚州鄉下，對付中國人很像當地大戶或團丁，把他們都看得賤他幾等。英格曼神父又是因為阿多那多沾染的中國鄉野習氣而把他看得賤他幾等。眼看阿顧和陳喬治兩人寡不敵眾，他對窯姐們說：「既然要進入這裡，請各位遵守規矩。」

阿多那多用一條江北嗓門喊出英語：「神父，放她們進來，還不如放日本兵進來呢！」他對兩個中國雇工說：「無論如何也得攆出去！」

而英格曼神父看出陳喬治和阿顧已暗中叛變，和窯姐們已裡應外合起來。混亂中阿多那多揪住一個正往樓門裡竄的年少窯姐。一陣稀里嘩啦聲響，年少窯姐包袱裡傾落出一副麻將牌來。光從那擲地有聲的脆潤勁，也聽出牌是上乘質地。一個黑皮粗胖的窯姐喊：「豆蔻，丟一張牌我撕爛你大胯！」叫豆蔻的年少窯姐在阿多那多手裡張牙舞爪，尖聲尖氣地說：「求求老爺，行行好，回頭一定好好伺候老爺！一個錢不收！」豆蔻還是掙不脫阿多那多，被他往教堂後門拽去。她轉向撲到麻將牌上的黑皮窯姐喊：「紅菱，光顧你那日姐姐的麻將！……」

紅菱便兜起麻將朝難解難分的阿多那多與豆蔻衝去。她和阿多那多一人拖住豆蔻一隻手，豆蔻成了根繩，任兩人拔起河來。

英格曼神父此刻揚起臉，見紫金山方向起來一股濃煙。天又低又暗，教堂鐘樓的尖頂被埋在煙霧裡。寒流來得迅猛，英格曼神父十指關節如同釘上了鏽釘子一樣疼痛。他又揚起臉看一眼窗臺上的女孩們，對她們嚴峻地擺了一擺下巴。所有年輕純淨、不諳世故的面孔剎那間迴避了。只有一張面孔，還在定定地出神。

這正是我姨媽書娟的面孔。她站在窗前被一陣腹痛鉗住了。沒人告訴她這樣可怕的疼痛會發生。假如不是因為一個妓女，她母親不會強迫她父親離開祖國離開南京離開她；她母親一定會向她講解，這腹痛是怎麼回事。由此她切齒地恨那個使她家庭支離的妓女。由此她更恨眼前的這一群妓女。看看她們幹的好事；竟在一件斗篷後面寬衣解帶，大行方便。書娟不理會她敬愛尊重的英格曼神父，是因為她實在太疼痛太仇恨了。她咬碎細牙，恨著恨著恨起了自己。書娟恨自己是因為自己居然也有樓下妓女的身子、內臟，以及這滾滾而來骯髒熱血。她已經痛得自持不得，動彈不得，眼睜睜看著那個身段豐碩膚色如銅名叫紅菱的窯姐把豆蔻拉出了法比·阿多那多的手。法比·阿多那多乾脆上來拉紅菱，擒賊先擒王。紅菱麻將牌也不要了，梳妝盒也不要了，一心只和阿多那多拼搏。

牆外一陣一陣的腳步過去，嬰兒「哇哇」地哭喊，靜了一早晨的槍聲又響了。陳喬治上去幫阿多那多。

紅菱的嗓音混雜在牆外的吵鬧聲中：「救命啊！」

她一叫混亂的場面靜止了一剎那。紅菱指著陳喬治：「這個騷人動手動腳！」

陳喬治才二十四歲，臉漲得紫紅：「哪個動你了?!」

「就你個擋炮彈的動老娘了！」紅菱拍拍胸脯。

陳喬治惱怒的啞了一刻，反口道：「動了又怎的？」他把她往後門外面推：「別人動得我動不得？」

英格曼神父說：「住口。」他轉向阿多那多神父：「讓她們在倉庫裡先藏一兩天，我和國際安全區交涉一下，再把她們送到那裡去。」開始給英格曼神父下跪的窯姐看其他窯姐一眼說：「來生一定變牛馬報答神父。」說著又跪下來。

「起來吧，神父不耕地，要牛馬幹什麼？」阿多那多說道。

英格曼神父已經往教堂主樓走去。天亮了不少，主樓細高的窗子上，由五彩玻璃拼成的受難聖象顯出模糊的輪廓。幾聲槍響乍起，就要走進樓門的英格曼神父脊梁伸直了一下，又回到原先的微馱姿態。槍聲很近，似乎就響在教堂東側那一小片墓園裡。

阿多那多叫阿顧和陳喬治馬上把窯姐領進倉庫，他自己去墓園查看一下。墓園豎著十幾座十字架，下面埋著一百多年來在教堂服務過的神職人員。第一位神父費羅諾的墓被擴修過兩次，現在墓室頗大，但修繕得非常簡樸。墓園的柏樹植得極密，在這無風的清晨，遠處槍彈呼嘯，高空飛機飛過，甚至車馬人群狂亂地過往，都在樹梢上呼嘯生風。法比・阿多那多沒發現任何異常，便折身走回去。教堂頂上的十字架旁邊，飄著一面紅藍鮮明的星條旗，蔭庇著旗下中立的美國地界。從十月份開始，英格曼神父每天晚祈前都登上鐘樓頂層，看著東邊越來越近的火光，祈禱越來越長。

書娟和女孩們下樓來晨禱，正碰上從墓園回來的法比・阿多那多。女孩們也好，阿多那多也好，都絕想不到從某種意義上來說，舉著美國國旗的教堂此刻已失去了中立地位，因為它無意中已蔭庇了兩位中國士兵。法比・阿多那多去墓園查看時心神、眼神都太慌亂，竟沒有細看那個半途而廢的防空工事。工事是八月底挖的，水位太高被放棄了。女孩們單調純淨的祈禱聲漸漸充斥星條旗下的空間。兩位受傷的中國士兵此刻腿泡在坑道結著冰茬的泥水裡，被女孩們的祈誦安撫了。

阿多那多等女孩們念完「阿門」，劃完十字，對她們說教堂的院子從現在起劃分成兩半，靠倉庫的北角，不允許任何女孩接近。他也會把禁令傳給倉庫裡臨時的寄居者們。這時一個女孩以小動作指點了一下阿多那多身後。他回過頭，見那個叫紅菱的窯姐嘴上叼著煙捲從女孩們的宿舍樓裡出來，垂著頭，東尋西覓。

阿多那多馬上恢復了一副粗人模樣，對她吼道：「吔，那是你去的地方嗎？」

紅菱駭一跳，嘴上的煙捲險些掉到地上。她笑著說：「看看像個洋老爺，其實是個江北泥巴腿。我們是老鄉耶……」

「回你自己的地方去！」阿多那多切斷她的思路。「不守規矩，我馬上請你們出去！」

「你叫法比吧？」紅菱還是嬉皮笑臉。

「你回不回去?!」阿多那多拇指指著倉庫方向。

「那你幫我來找嘛。」紅菱全身一動，身子由上到下起一道浪：「找到我就回去。」

阿多那多跟女孩們使個眼色，意思是：她還有資格談條件。

「法比也不問問人家找什麼。」紅菱一嘟嘴唇。她雖然身段粗笨，但自有一種憨憨的風韻。

「找什麼？」法比·阿多那多沒好氣地問。

「麻將，剛才掉了一副麻將在這裡，撿回來缺五個。」

「還有心思玩！」阿多那多說。

「那我們幹什麼呀？悶死呀？」

他發現女孩們個個興趣盎然地盯著這個下九流女人，她穿一件寶藍和黑色雜呈的花旗袍，頭髮已精心梳過，束了一根寶藍緞髮帶。清晨她來時的狼狽，已蕩然無存。只有第一排末尾的書娟眼睛看著地面，每一句話從紅菱嘴裡吐出，書娟都把嘴唇抿得更緊。

阿多那多叫女孩們進餐廳。女孩們明白法比是為她們好，怕紅菱的妖形醜態髒了她們的眼睛。她們卻慢吞吞的不肯離開，這類女人難得碰上。

這時那位稍年長的窯姐走過來，遠遠就對紅菱光火：「你死在那兒幹什麼？人家給點顏色，你還開染坊了！回來！」她說話聲音溫厚，一聽就是不習慣這樣扯開嗓子叫喊。

紅菱說：「她們叫我來找的，缺牌玩不起來！」

「回來！」

紅菱開始往庫房方向走。突然剎住腳，指著女孩們：「你們趁早還出來噢。」

沒人理她。

「你們拿五個子玩不起來，我們缺五張牌也玩不起來。」紅菱跟女孩們拉扯起生意來了。女孩們你看看我我看看你。有一個膽大的學她的江北話：「……也玩不起來……」一聲哄笑，全跑開了。

阿多那多呵斥她們：「誰拿了她東西，還給她！」

女孩們七嘴八舌：「哪個要她東西？還怕生大瘡害髒病呢！」

紅菱給這話氣著了，追著她們喊：「對了，姑娘我一身的楊梅大瘡，膿水都流到那些骨牌上，哪個偷我的牌就過給哪個！」

女孩們一聲作嘔的呻吟。書娟無法想像，她父親和這樣的賤坯子在一塊是怎麼混的。

年長些的窯姐已到了紅菱身邊，拖了她就往倉庫方向走。紅菱上半身和腿腳擰著勁，上半身還留在後面和女孩們罵架叫陣：「曉得了吧？那幾個麻將牌是姑娘我專門下的餌子，專門過大瘡給那些手欠的！……」她嘎嘎地笑起來，突然「哎喲」一聲，人往後一抽，然後指著年長窯姐對站在一邊看熱鬧的陳喬治說：「她掐我肉哎！」似乎他會護著她，因此她這樣嬌滴滴告狀。

阿多那多問：「請問小姐叫什麼名字？」

年長的窯姐站下來，回過身。她確定了這個中年神父問的是她，才微微的屈一下膝，上身端得筆直，回答說：「叫玉墨。文墨的墨。」

她不是那種豔麗佳人，但十分耐看，也沒有自輕自賤、破罐破摔的態度。女孩們和阿多那多都給她收服了一剎那，忘掉了她是一個身分低下的風塵女人。

「那就拜託玉墨小姐管束一下你的同伴。」

玉墨點頭，她動作一個不多，話也是一字不多。在我姨媽書娟眼裡，她雖然有一點拿捏矯情，但基本上是入得眼的。因此書娟抬臉，好好看了她一眼。從上到下地看，想挑出她哪裡賤來。但她沒挑出來。玉墨這時眼光也恰巧落在書娟臉上，也是在端詳這十四歲的女孩。我姨媽那個時期的相片不多，一張張全給我看過：一個剪童花頭穿校服的少女，單薄乾淨，校服總是黑白兩色，不過我猜那是深海軍藍，上面翻著水手領或白色方領、圓領。我在多年後看到的那些發黃的相片在這個時候還黑白分明。玉墨看到過其中一張。因此，玉墨這個在英文中稱為 Courtesan 的女子想，也許她不久就要在我姨媽書娟面前披露真實身分了。

玉墨的微微矯情是竭力想糾正人們對她們這類女人的印象，竭力想和紅菱之類形成天壤的區別。她在認出書娟後更加嫻雅端莊，幾乎就是淑女了。她要把背影也樹立得姣好無比：一頭長波浪，一身素花棉布旗袍，一雙黑皮鞋。她扯著紅菱進了黑黝黝的倉庫，在撲面而來的霉塵中瞇起眼，順手從腋下抽出手帕，掩在鼻子上。她找回娼妓領袖的面目，對正在撿數細軟、打盹、踱步取暖、摳鼻子挖耳朵、爭嘴拌舌的女子們說：「吔吔，剛才聽見了吧？有錯沒錯，都是你們的錯，你們是在人家矮檐下躲難，縮頭做人吧。」阿顧已經跟她們介紹過，這間倉庫原先是神學院的閱覽室，多年前軍閥打仗，神學院跑了半年兵反，之後就停休學了，直到現在也沒再開學。女孩們現在暫住的樓房就是當年神學院學生的宿舍。

「悶死了！」一個叫喃呢的姑娘說，一面點上從另一個姑娘那兒分來的半枝煙捲。

「就是啊，」紅菱接茬子說：「這院子像一口大棺材，沒蓋蓋子就是了。」

「悶死了？」玉墨冷笑一下：「這麼多經書呢！」她手一劃拉，指著一捆捆皮面和布面的書。大家把房間整理得能暫時落足了，一些破舊沙發和椅子被搬到房子中央，上面搭著五顏六色的包袱布，牆上的畫給摘下來，掛上了她們大大小小的鏡子。

「把這麼多經書讀下來，我們姐妹就進修道院屈吧。」一個叫玉笙的女子說。她正對著光在拔眉毛。

「去修道院不錯呀，管飯。」紅菱說。

「你那大肚漢，去做姑子吃舍飯划得來。」

「做姑子要有講揚州話的洋和尚陪，才美呢。」紅菱笑嘻嘻的反嘴。

「修道院裡不叫姑子吧，玉墨？」

「叫什麼都一樣，都是吃素飯、睡素覺。」

「吃素飯也罷了，素覺難睡喲！紅菱……」

說著大家哄起一聲大笑，紅菱抓起一本書朝那個姑娘身上砍過去。書受了潮，在空中書脊和書頁分離了，菲薄的紙頁飛得像一屋子白蝙蝠。紅菱生性愛鬧，追著那個姑娘，一嘴醜話，笑得直揉肉滾滾的肚皮。追著打著，暖和了，也不悶了，一個琵琶從《聖經》摞起的架子上跌下來，跌斷了兩根弦。法比・阿多那多朝這裡走來。

「夠了。」玉墨說。

誰也沒夠，所以誰也不理她。玉墨看一眼陰沉沉地站在門口的阿多那多，皺眉一笑。

窯姐們逐個注意到了阿多那多，一一靜下來，有的雙手去攏頭髮，嘴裡叼著髮卡，有的跳著一隻腳，四下找鞋。

「我是最後一次警告你們，再不檢點，你們就不再受歡迎。」

他努力想把揚州話說成京文，惹壞了幾個愛笑的姑娘。

「從現在開始，你們不准大聲喧譁，不准在外面隨便走動，不准和女學生們接觸……」

「那上廁所怎麼辦？」

「就一個女廁所，在她們樓上。」

阿多那多一想：這個至關重要的大事竟給疏忽了。他說：「我已經叫阿顧幫你們解決這個麻煩了。好在都是暫時的，最多兩天，我們就會把你們送到安全區去。」他腦子裡卻在討論，是讓她們用鉛桶，還是讓她們用木桶，那麼用什麼做蓋子？「所以我代表英格曼神父，請求你們在這兩天裡不要放肆，褻瀆神靈。」

「真要入修道院了。」紅菱說。

「閉上嘴聽，我沒說完！」阿多那多又忘了儀態，粗聲大氣吼叫道。

「一天開幾餐吶？」豆蔻問道。她正在對小粉盒上的鏡子擠鼻子上一粒粉刺。

「你想一天吃幾餐吶？小姐？」阿多那多忍住鄙夷和惱怒問道。

「我們一般都習慣吃四餐，夜裡加一餐。」豆蔻一本正經的回答。

「你來這裡走親戚吶？豆蔻？」玉笙說，飛一眼給阿多那多。

紅菱說：「夜餐簡單一點，幾種點心，一個湯就行了。」她明白阿多那多要給她們氣死了，但她覺得氣氣他很好玩。她的經驗裡，男人女人一打一鬥，就起了性子了。

喃呢問道：「能參加做禮拜嗎？」

紅菱拍手樂道：「這有一位要洗心革面的！神父，其實她是打聽，做禮拜一人能喝多少紅酒。她能把你們的酒罈底子喝通！」

「去你媽的！」喃呢頂她。

阿多那多剛要吼，誰的腳踢了一下地上的琵琶，斷在空中的兩根弦嗡嚶一聲。玉墨無地自容，她對阿多那多做了個不與同伴為伍的姿態，說：「能夠收容我們姐妹，已經讓我們感激不盡。戰亂時期，南京糧價一漲再漲，姐妹們在此能有口薄粥吃，就很知足了。」

阿多那多說：「謝謝體諒。」他眼睛向她一瞥，也沒多少好氣。薄粥稠粥，就像她們還有什麼選擇似的。他對門外說：「阿顧啊，麵包拿進來吧。」

阿顧一直等在門外，此刻聽到招呼，拎一只布口袋跨進門來。

「也沒存多少糧，只能靠學生們牙縫裡省一點下來給大家。」阿顧說著，解開布口袋。

一聲五雷轟頂般的巨響，女人們全蹲下來，窗子玻璃咯吱吱直顫，一潑潑灰塵從擺起的《聖經》上傾落。又接連來了幾記轟響，阿多那多自己也趴了下來。接下來的幾分鐘，所有人都在連續的炮聲中畏縮著，滿臉的空白。

阿多那多想，難道美國和日本宣戰了？難道掛了美國國旗反而成了炮轟目標？又過幾分鐘，他判斷出來，炮彈並不是朝教堂而來，只不過炮陣離得很近罷了。

炮轟一直持續到中午。

女學生們下午被英格曼神父召集到教堂坐待彌撒大廳。她們見六十歲的神父呆呆地站在聖母聖嬰像下面，平靜而缺乏活力。她們知道一定發生了什麼大事。祈禱是為了她們的國家祈禱，神父說到「你們從此進入更深災難的父老兄弟、母親和姐妹」時，聽上去像致喪。只有我姨媽書娟沒有辨出神父的禱辭和昨天不同。書娟心不在焉，在想她的父母此刻在幹什麼？那一上午的炮轟，她的父母在美國也許還像平時一樣睡得深沉。我姨媽書娟後來知道炮轟時她父母一直守在無線電旁邊，半天不換一個姿勢，聽著那個美國男廣播員不關他痛癢地報告著日軍的每一步得逞。他們一夜沒睡，接下來的一天也不會睡，因為消息越來越壞：大批中國戰俘和百姓被進了南京城的日本兵屠殺了。他們抱頭痛哭，就像此刻書娟和所有女孩們抱頭痛哭一樣。

神父在半分鐘前告訴她們：日本軍隊占領了她們的總統府。神父說：「孩子們，這一天是公元一九三七年十二月十三日，是你們民族最不幸的一天。」

她們哭了一陣，突然聽見響動，轉臉看去，十幾個窯姐站在後面，很想打聽出了什麼事，卻又不敢打聽。

那天的晚餐只有一個素菜湯，裡面連做做點綴的碎紅腸也沒有。意思女孩們都明白，因為吃得格外肅穆。她們不知道自己避在安全區的父母是否安全，更為逃到鄉間的家人忐忑。當時父母們把她們留下，一是圖美國和宗教對她們的雙重保護，再則，也希望她們的學業不至於停頓。

這時豆蔻走進餐廳，自己也知道有些不識相，繡花鞋底蹭著老舊的木板地面，訕訕地笑道：「有米飯嗎？」

女孩們看著她。

「你們天天都吃麵包啊？好乾啊。」還是沒一個人理她。

豆蔻只好自己和自己說下去：「不行，土包子一個，吃不來洋麵包。」她走到桌前，看看那只湯桶，裡面還有一節節斷了的通心粉和煮黃的白菜，她厚厚臉皮又是一笑，拿起長柄銅勺。那勺子和勺柄的角度是九十度，盛湯必須得法，如同打井水，直上直下。像豆蔻這樣不知要領，湯三番五次倒回桶裡。女孩們就像沒她這個人，只管吃她們的。

「哪個幫幫忙？」她厚顏地擠出深深的酒窩。

一個女孩說：「誰去叫法比．阿多那多神父來。」

「已經去叫了。」另一個女孩說。

豆蔻自找臺階下，噘著嘴說：「不幫就不幫。」她顫顫地踮著腳尖，把勺柄直直向桶的上方提，但她胳膊長度有限，舉到頭頂了，勺子還在桶沿下。她又自我解圍說：「桌子太高了。」

「自己是個冬瓜，還嫌桌子高。」不知誰插嘴說。

「你才是冬瓜。」豆蔻可是忍夠了，手一鬆，銅勺跌回桶裡。

「爛冬瓜。」另一個女孩說。

豆蔻兩隻細眼立刻鼓起來：「有種站出來罵！」

女孩們才不想「有種」，理會她這樣的賤坯子已經夠抬舉她了。因此她們又悶聲肅穆地進行晚餐。豆蔻剛剛往門口走，又一個女孩說：「六月的爛冬瓜。」

「爛得籽啊瓢啊都臭了。」

豆蔻回過身，猝不及防地把碗裡的湯朝那個正說話的女孩潑去。豆蔻原本不比這些女孩大多少，不通書理，心智又幼稚幾分，只是身體成熟罷了。女孩們憋了滿心焦慮煩悶悲傷，此刻可是找到發洩出口，頓時朝豆蔻撲過來。一個女孩跑過去，關上餐廳的門，脊梁擠在門上。豆蔻原本是反角兒，現在變成了她們的敵人。門是堵住了，但豆蔻清脆的髒話卻堵不住，從門縫傳出去，阿多那多老遠就聽見了。伙夫陳喬治嫌他走得慢，對他說：「打了有一回了，恐怕已經打出好歹來了！」

果然如此，門打開時，豆蔻滿臉是血，頭髮被揪掉一撮。她手正摸著頭上那銅板大的禿疤。陳喬治趕緊過去，要把她從地上扶起來。她手一推，自己爬了起來，嘴還硬得很：「老娘我從小挨打，雞毛撢子在我身上斷了幾根，怕你們那些嫩拳頭？幾十個打我一個，什麼東西！」

女孩們倒是受了傷害那樣面色蒼白，眼含淚珠。四十幾個女孩咬定是豆蔻先出口，又先出手。她們所受的傷害多麼重？那些髒得發臭，髒得生蛆的污言穢語入侵了她們乾乾淨淨的耳朵，她們一直沒得到證實的男女髒事終於被豆蔻點破了。

阿多那多叫陳喬治把豆蔻送回倉庫。他要去向英格曼神父請願：馬上把這群女人送出去。走到院裡，他聽見倉庫裡又是一片哄鬧。人生來是有貴賤的，女人尤其如此。如果一個國家的災難都不能使這些女人莊重起來，她們也只能是比糞土還賤的命了。法比·阿多那多三歲時，父母在傳教途中染了瘟疫，幾乎同時死去。他由一個中國教徒收養長大，二十歲上投奔了英格曼神父，從此皈依了天主教。後來英格曼送他去美國深造了兩年，回到中國便做了英格曼的助理。因此法比·阿多那多可以作為中國人來自省其劣根，又可以作為外國人來側目審視中國的國民性。面對這群窯姐，他的兩種人格身分同時覺醒，因此他優越的同時自卑，嫌惡的同時深感愛莫能助。他像個自家人那樣，常在心裡說：「你就爭口氣吧！」他又是個外人，冷冷地想：「誰也無法救贖你們這樣一個民族。」

此刻他聽著遠處不時響起的槍聲，也聽著窯姐們的嬉鬧，搖搖頭。才多久啊？她們對槍聲就聽慣了，聽順耳了。他沒有去打擾她們。她們所做的事他懂得：那是行酒令，沒有酒，誰輸了罰一大口涼水。

法比．阿多那多向主樓走去，一時槍聲密集，並有機關槍加入。難道還有中國軍隊在抵抗？可他知道中國軍隊昨天天黑前就撤光了。槍聲持續了一個多小時，阿多那多與英格曼神父的談話斷斷續續，兩人都在猜著密集的射擊是怎麼回事。本來阿多那多是來向英格曼報告女學生和豆蔻衝突的事，打算催促英格曼把妓女們送往安全區。但他一走進英格曼的客廳，就感到神父滿心是更加深重的憂患，他要談的話在此氣氛中顯得不合時宜，不夠分量。英格曼神父正從無線電短波中接收著國外電臺對於南京局勢的報導，他看了匆匆進來的阿多那多一眼，連讓坐都免了。沉默地聽了半小時嘈雜無比的廣播，英格曼神父說：「看來是真的——他們在祕密槍決中國士兵。剛才的槍聲就是發自江邊刑場。連德國人都對此震驚。」

近十點鐘，槍聲才零落下去。

英格曼神父對阿多那多說：「敲鐘。」

「神父，……」阿多那多不動。

英格曼懂得阿多那多的意思。整個城市生死不明，最好不以任何響動去觸碰入侵者的神經。

「上萬人剛剛死去了。是放下武器的無辜者。像羔羊一樣，被屠宰了。敲鐘吧，法比。」英格曼神父說著，慢慢撐起微馱的身體。

女孩們已就寢，聽到鐘聲又穿起衣服，跑下樓來。窯姐們也圍在倉庫門口，仰臉聽著鐘聲。鐘聲聽上去十分悠揚，又十分不祥，她們不知怎樣就相互拉起了手。鐘聲奇特的感召力使她們恍惚覺得自己丟去了什麼。失去了的不止是南京城的大街小巷，不止是她們從未涉足過的總統府。好像失去的也不止是她們最初的童貞。這份失去無可名狀。她們覺得鐘聲別再響下去吧，一下一下把她們掏空了。

英格曼神父站在院子中央。他低沉而簡短地把無線電裡聽到的消息複述一遍。「假如這消息是真的——成千上萬的戰俘被一舉槍殺了，那麼，我寧願相信我們又回到了中世紀。對中國人來說，歷史上活埋四十萬趙國戰俘的醜聞，你們大概不陌生。不要誤以為歷史前進了許多。」神父停止在這裡。他嗓音越來越澀，中文越來越生硬。

英格曼神父領著人們為死難者默哀之後，又讓阿多那多帶領女孩們唱起安魂曲。窯姐們再回到倉庫時，安靜許多。

入夜時分，我姨媽書娟和另一個女孩擠睡一張床上。一夜冷槍不斷，成千上萬被屠宰的士兵在書娟的概念中還非常模糊，她還不能想像那場面慘到什麼程度。她是到大起來之後，才感到這場大型屠殺多麼慘絕人寰。

書娟想把自己的初潮講給同伴聽，又感到難以啟口。她從女孩已淪落為女人，而這淪落是萬惡之源。一陣雜亂的敲門聲響起。門是後門，正對她們窗口，已經鎖了很多年。

阿顧還沒睡，拎著燈籠跑來。阿多那多已站在後門口，對阿顧打了個手勢，叫他不要吭聲。但燈籠的光顯然已從門縫漏出去，門外的人更是死氣白賴，手在槐木鑲鐵條的門上拍得又急又重，骨頭皮肉都要拍爛了似的。

「求求大人，開開門……是埋屍隊的……有個中國當兵的還活著，大人不開恩救下他，他還要給鬼子槍斃一回！……」

阿多那多存心用洋涇濱中國話說：「請走開，這是美國教堂，不介入中、日戰事。」

「大人，……」這回是一條流血過多、彈痕累累的嗓音了：「求大人救命……」

「請走開吧。非常抱歉。」

埋屍隊的人在門外提高了聲音：「鬼子隨時會來！來了他沒命，我也沒命了！看在上帝面上！我也是個教徒。」

「請馬上把他帶到國際安全區。」

「路太遠，到處都是鬼子，他受傷又重，求求您了！……」

「很抱歉。請不要逼迫本教堂違背中立立場。」

不遠處響了兩槍。埋屍人說：「慈善家，拜託您了！……」然後他的腳步聲沿著圍牆遠去。

這時陳喬治把英格曼神父攙下樓來。神父在樓梯口站住了，然後轉過身，慢慢沿來路回去。他不能置門外的中國士兵的生死於度外，更不能不顧教堂裡幾十個女孩的安危。

法比·阿多那多從阿顧手裡接過鑰匙，打開鏽住的大鎖，拉開門，剛剛探身出去，又迅速退回來，同時把門關上。

英格曼神父停在第五階樓梯，聽阿多那多說：「不是一個，而是三個！三個中國傷兵！……」

埋屍人的嗓音又響起來：「那邊有鬼子過來了！騎馬的！……」看來剛才他是假裝走開的，假裝把傷員撇下，撒手不管。他那招果然靈，阿多那多打開了門。他謊稱只有一個傷員，也是怕人多教堂更不肯收留。

「你撒謊！」阿多那多指控。「中國人到了這種時候還是滿口謊言！」阿顧說：「既然救人，一個和一百個有什麼兩樣?!」他這是頭一次用這樣的口氣和洋人說話。

「你閉嘴！」阿多那多吼道。

不遠的街道上，果然有馬蹄聲近來。一個粗啞的喉嚨從伙房邊巨大煤堆後面傳出來：「開門！不開門我開槍了！」

這時人們看見兩個全副武裝的中國軍人出現了，一個持手槍一個端步槍。英格曼神父在胸前飛快地劃了個十字。兩個人都拉開了槍栓，拿長槍的人踉蹌一步，人們看見他的下半截褲腿幾乎是黑的。那是浸透了血污。

「把門打開，法比。」英格曼神父說。

法比給了個又快又恨的手勢，阿顧立刻將鑰匙插入鎖孔。埋屍隊的人說：「快些！」

鎖孔鏽得太厲害，阿顧幾番打不開。持長槍的士兵竄過來，阿多那多肩膀一抽，頭頸緊縮，兩手向上伸去，不知是去護腦袋還是對挺過來的槍刺告饒。但士兵只是用刺刀別進門栓，用力一撬。刺刀折斷了，門栓也鬆開來。一大團黑乎乎的人影湧了進來。

後門關上不久，一個馬隊從街口小跑過來。門內人都成了泥胎，定身在各自姿態上，兩個武裝軍人的槍口朝著後門，只要門一開，子彈就會發射。直到馬蹄聲的回音也散失在夜空裡，人們才恢復動作。

英格曼神父首先看見的是兩個穿黑馬夾胸前貼著長圓型白布的人。他斷定這兩個人是「埋屍隊」隊員，被日本人臨時雇來的中國勞力。他們身上各倚負著一具血肉模糊的人形，想來便是死裡逃生的中國戰俘了。另一個戰俘還能自行站立，一手抱住左肋，那裡也是大片暗色血漬。英格曼神父問他們一共有多少戰俘殉難。他們答不上來，說刑場就有好幾處，來不及埋的屍首會被燒掉。

「阿顧，立刻去把急救藥品拿來，多拿些藥棉，讓他們帶走。」英格曼的意思很明顯；此處不留他們這樣的客人。

持短槍的人並沒有收起進攻的姿勢，槍口仍指著英格曼神父：「你要他們去哪裡？」

「請你放下武器和我說話。」神父威嚴地說。

持短槍的人三十歲左右，軍服雖襤褸，但右胸的口袋別了一支鋼筆。他說：「很對不住您。」

「你們是要用武器來逼迫我收留你們嗎？」英格曼說。

「因為拿著武器說話才有人聽。」

法比·阿多那多大聲說：「幹嘛不拿著槍叫日本人聽你們說話呢？」

英格曼制止道：「法比。」他轉過頭來對持短槍的人說：「軍官先生，拿武器的人是和我談不通的。請放下你的武器。」

軍官先垂下槍口，當兵的也跟著收了姿勢。

陳喬治這時出現了，氣喘吁吁地說：「剛剛燒了些熱水，去洗洗傷口，包紮包紮吧！」他轉身向英格曼神父說：「怕血淌得太多，救不過來了。先到我屋子裡，上上藥，把傷裹一下。」

英格曼神父對兩個埋屍隊的人說：「去吧，先把他們的傷治一治再說。」

阿顧一聽這話，得了赦令似的上來，幫著埋屍隊的兩個人往陳喬治屋裡抬傷員。陳喬治的屋緊挨伙房，門開在一人高的煤池後面，還算隱蔽。

這一夜女孩們都沒睡。她們在天微明時看見窯姐們把幾幅舊窗幔洗出來，搭在臨時牽起的麻繩上晾曬。那些窗幔要給傷員們當鋪蓋。

早餐後英格曼神父一身彌撒大袍，法比·阿多那多啟動了那輛老舊的「福特」轎車，兩人神色匆匆地出門去。直到晚餐前兩人才回來，英格曼神父一臉病色，兩眼空洞，上樓時兩手都抓住樓梯扶手。女孩們在晚自習時問法比·阿多那多，發生了什麼事讓英格曼神父如此失態。阿多那多告訴她們，從安全區回來的路上，他和英格曼神父差點挨日本兵的子彈。女孩們追問，日本兵難道敢對一個美國神父開槍？阿多那多想說什麼，大喉結提起又墜下，三番五次，還是搖搖頭把話忍了。

書娟和她的女同學們是在兩天之後才從窯姐們嘴裡知道阿多那多究竟向她們瞞下了什麼。阿多那多是在對窯姐們訓話時講出這個事件的。當時窯姐們吵鬧抱怨夜裡太冷，睡不著覺，要求在倉庫裡生一個火盆。阿多那多對她們說：「還嫌冷？曉不曉得我和英格曼神父為什麼差點給日本兵打死嗎？」他把事情告訴了她們。他們的車從安全區開回來時，原先走的街道著起大火，只得從小巷繞路，天剛擦黑，六個日本兵正堵住一個十

七、八歲的女子在剝衣裳，英格曼神父叫阿多那多停車，他剛說了一句英文：「看上帝面上，你們也有姐妹。」日本兵便一梭子打過來。若不是阿多那多車開得快，日本兵就把他們兩個眼證給滅除了。我姨媽書娟和她的女同學們假如不與窯姐們再次衝突，也不會從她們口中知道這個事件。衝突是這樣引起的：喃呢和玉笙搭伙把她們的便桶往樓上廁所抬的時候，正是女孩們起床的時間。女孩們叫她們先抬下樓，等她們去上課再抬上來。喃呢不滿了，說幾十斤重一桶糞，抬著上樓下樓是好玩的嗎？女孩們便指控她們吃得多拉得多。玉笙回嘴，說全南京的金枝玉葉也好，良家婦女也好，婊子窯姐也好，在日本鬼子那裡都一樣，都是扒下褲子，兩腿一掰，不信呀？去問問英格曼神父，問他前天就看見什麼！不然去問問那個假江北佬阿多那多，那個給一幫子日本鬼子搞得哇哇哭的是不是誰家千金！

女孩們知道了這件事，才真正知道什麼叫恐怖。恐怖不止於強暴本身，而在於強暴者面前，女人們無貴無賤，一律平等。對於強暴者，知羞恥者和不知羞恥者全是一樣；那最聖潔的和最骯髒的女性私處，都被一視同仁，同樣對待。

*

還需要一些年，我姨媽書娟才真正明白英格曼神父那天從安全區回來的病容是怎麼一回事。不完全因為他目睹一場輪姦，也不完全因為他請求安全區收留教堂裡避難的中國傷兵和幾十個妓女遭到婉言拒絕。安全區負責人告訴英格曼神父：日本兵已幾次來安全區搜捕中國軍人，日本人見了中、青年男性平民就逮走去槍斃，相比之下反倒是美國教堂更能提供庇護。至於妓女們，安全區保護不了她們，日本兵搜尋年輕女人的瘋狂甚至超過搜捕中國士兵。那天英格曼神父的氣息奄奄也不僅因為看見日軍的吉普車在一米多高的中國人屍體上翻越；似乎從江邊漫捲而來的焚燒戰俘的焦臭煙霧也不是他魂飛魄散、萬念俱灰的原因。他在一九四八年冬天離開中國時，對去碼頭送行的書娟和其他女學生說，他非常的失敗——作為上帝的使者，作為普通人都失敗得很。他還想把亂在一九三七年冬天的心緒理清，說著說著，發現自己更亂了。我猜他的迷亂是感到自己上了當；真有上帝，上帝怎會這樣無能？他一定是為他的上帝找了許多藉口，其中之一是：上帝把一幅地獄畫卷展現給人們，一定有一個重大的啟示。而他完全解答不了這啟示。

*

我姨媽書娟和她的同學們很快和傷兵們廝混熟了。傷兵們恢復了一點元氣，出太陽時會到院子裡坐坐，捉捉蝨子。他們把打仗的事講給女孩們聽，雖然是敗仗，也讓他們在女孩們眼裡個個成了大英雄。他們一個一個地講到戰死的戰友們，有時突然停頓了，過一會說：「記不太清了。」他們唯一不講自己如何被俘，如何被整連整營地集中起來，靜靜地等待發落。他們不願講日本兵怎樣把手指粗的繩子綁在他們的手臂上，而他們一動不動，整整齊齊給綁成一串又一串。他們靠猜想來領會日本人下一步會對他們做什麼。那一夜冷極了，他們相依為命，就那樣成串地給綁著，坐在潮濕的泥土地上。雖然連打了幾天幾夜的仗，已疲憊不堪，但傷口像長了利齒一樣咬得他們無法入睡。天剛亮日本兵開始了新的調度，要他們排起隊伍向江邊出發。有人感到了不祥，卻還是步伐整齊地隨隊伍朝江邊行軍。隊伍一望無際，唯一的寬慰是他們能和戰友們一塊行進，即便真是赴刑場也不孤單。傷員們即便想對女孩們講，也講不清他們怎麼在江邊的灘頭上一蹲一天，等到了天再次黑下來；一天前還打算決一死戰的一群人，竟然在那一刻如此聽天由命，任幾十挺機關槍對著他們齊鳴。似乎誰嘶喊了一聲：「兄弟們，上當了！和他們拼吧！」上萬人變成一堆抽搐的血肉，是眨眼間的事。傷員中有個叫李全有的上士，他不是被埋屍隊從屍體堆裡刨出來的。他的逃生是個奇蹟：一顆子彈正巧射中了他的右臂，打斷了繩索，他拖著斷手滾到江水裡，又在黎明時分游回滿是血水的江岸，遇上了埋屍隊。傷兵們不願對女學生們講這一段，還因為從戎一生，想都沒想過如此窩囊下場：乖乖的走進自己的墳穴，如此守紀律地一排排應槍聲倒下。為此他們紅著眼呆呆地想，對日本人那樣信任，那樣乖順，是他們失敗中最可恥的失敗。

英格曼神父從安全區回來的第三天，來到傷員們的住處。他已知道那位口袋插鋼筆的軍官姓戴，是教導總隊的教官，傷最重的叫王浦生，才十七歲。王浦生頭上臉上纏滿紗布，只有右臂沒有掛花。見神父進來，他躺在那裡把右手舉到太陽穴，行了個軍禮。英格曼神父突然改變了嘴裡的話。他來時口中排好的第一個句子是：「非常抱歉，我們不能夠把你們留在這裡養傷。」這時他對著敬禮的王浦生一笑，嘴唇啟開，話變成了：「好些了嗎？」他知道這就非常難了。假如預先放牢在舌頭尖上的話都會突然改變，他更沒法臨時調度其他辭客語言。他想說服傷兵們離開教堂，去鄉下或山裡躲起來。他們可以趁夜晚溜出教堂，糧食和藥品他都為他們備足了。而一見王浦生纏滿繃帶的面孔，整理編輯得極其嚴謹的說辭剎那間便自己蛻變，變成以下的話：「本教堂可以再收留諸位幾天。不過，作為普通難民在此避難，諸位必須放棄武器。」

傷員們沉默了，慢慢都把眼睛移向戴教官。

戴教官說：「請允許我們留下兩個手榴彈。」

英格曼神父素來的威嚴又出現了：「本教堂只接納手無寸鐵的平民。」

戴教官說：「這最後的兩顆手榴彈不是為了進攻，也不是為了防禦。」他看了所有人一眼。

英格曼神父當然明白這兩顆手榴彈的用途。他們中的三個人做過俘虜，經歷了行刑。用那兩顆手榴彈，結局可以明快甚至可以輝煌。對戰敗了的軍人來說，沒有比那種永恆的撤退更體面更尊嚴了。走運的話，還可以拖幾個敵人墊背。

英格曼神父說：「假如那樣，你們便不是手無寸鐵啊。」

一個叫李全有上士說：「戴教官，就聽神父的吧。」

戴教官沉默一會，抬起眼睛掃視全體傷員：「贊同李全有的舉手。」

沒人舉手。

英格曼神父說：「假如手榴彈拉響，日本人會指控本教堂庇護中國武裝軍人。那麼本教堂收留難民的慈善之舉，將會變成謊言。」

傷員們一動不動。神父陪著他們沉悶了一刻，轉身走出門。他知道他該說的都說了。

下午戴教官和李全有把兩枝槍，五顆手榴彈，二十發子彈交給了英格曼神父。阿顧和陳喬治拿出幾身便服，換下了傷員們的軍裝。

晚飯後，女孩們想趁晚自習之前的空閒和傷員們聊天，還沒走近就聽見紅菱的揚州話嘰哩哇啦：「我們是土包子，只有玉墨在上海住過，她會跳！……」

然後女孩們聽窯姐和傷兵們一塊起哄：「玉墨！給個面子嘛！……」

書娟擠到女孩們最前面，聽那個叫玉墨的窯姐說：「人老珠黃了，扭不起來了！」

「早聽說藏玉樓的玉墨小姐，今天總算有眼福了！」叫李全有的上士喝彩。

書娟看見玉墨扭動著黃鼠狼似的又長又軟腰肢，跳起舞來。其實書娟知道這叫倫巴的舞在她父母的交際圈裡十分普遍，但她認為給玉墨一跳便不堪入目。她認為玉墨動作下流眼神猥褻，就是披著細皮嫩肉的妖怪。她隱約記得半夜給父母吵罵驚醒時聽到的名字：趙玉墨。她還記得母親在父親生病時說：「什麼賤貨？還寄了參來！我買不起參嗎？不寫她趙玉墨三個字我就不知道是她了嗎?!」每回「趙玉墨」三個字從母親嘴裡吐出，都是被母親一嘴白而齊的牙嚼得碎碎的。書娟此刻不能斷定那玉墨就是這扭動如蟲的玉墨。看看這個賤貨，身子作癢哩，這樣狂扭。

玉墨一直垂著眼皮，臉是醉紅的，微笑只在兩片嘴唇上。她扭到戴教官面前，迅速一飛眼風，又垂下睫毛。玉墨是厲害，一貫淑女，含蓄嬌羞不失大方，只在這樣的霎時放出耀眼的鋒芒，讓男人們覺得領略了大家閨秀的風騷。戴教官臉紅了。

玉墨扭著，從戴教官身邊移開，移到李全有面前。李全有是老粗，覺得女人身子和他只隔兩尺距離兩身衣裳，浪來浪去，實在讓他受洋罪，他嘿嘿傻笑，手足無措。李全有坐在王浦生的床沿上，小小年紀的新兵一眼不眨地盯著玉墨柔軟的腰肢和胸脯，忘了手裡拿的一把紙牌了。和他玩牌的是豆蔻，回頭看一眼把王浦生迷得兩眼發直的玉墨，轉過臉在他那隻好手上打一巴掌。豆蔻不知道隱藏自己的妒嫉，她又懶得像玉墨那樣學一身本事。王浦生給她一打，回過神來，朝她笑了。這個大孩子一笑兩隻嘴角全跑到繃帶裡去了。豆蔻看著愛得心疼。豆蔻比大男孩王浦生還小兩歲，才十五，是打花鼓討飯的淮北人從災區拐出來，賣到堂子裡的。豆蔻在七歲就是個絕代小美人，屬於心不靈口不巧心氣也不高的女子，學個髮式都懶得費事，打牌輸了賭氣，贏了逼債，做了一年，客人都是腳夫廚子下等士兵之流。挨了五年打，總算學會了彈琵琶。身上穿的都是姐妹們賞的，沒一件合身，還有補丁。妓院媽媽說她：「豆蔻啊，你就會吃！」她一點不覺得屈得慌，立刻說：「唉，我就會吃。」她唯一長處是和誰對路就巴心巴肝伺候人家。

豆蔻說：「你老看她幹什麼？」

王浦生笑著說：「我沒看過嘛。」

豆蔻說：「等你好了，我帶你到最大的舞廳看去。」

王浦生說：「說不準我明天死了哩。」

豆蔻手在他嘴上一拍，又在地上吐口唾沫，腳上去踏三下。「渾講！你死我也死！」

豆蔻這句話讓紅菱聽見了，她大聲說：「不得了，我們這裡要出個祝英台了！」

這一說大家都靜下來。玉笙問：「誰呀？」

紅菱不說，問王浦生：「豆蔻剛才對你說什麼了？」

王浦生露在繃帶外面那一拳大的面孔赤紅發紫，嘴巴越發裂到繃帶裡去了。豆蔻說：

「別難為人家啊，人家還是童男子呢！」

大家被豆蔻傻大姐的話逗得大笑。李全有說：「豆蔻你咋知道他是童男子？」只有玉墨還在跳。她臉頰上的醉意越來越濃。她想著一個男人。這男人是我們家族中唯一和娼妓有染的男性。他墮落不是因為他有那種聲色犬馬的天性，而恰恰是因為他生性過分純正，過分規矩。這樣的男人一輩子不讓他靠近誘惑，他可以正人君子一生。他對於誘惑毫無免疫力，一旦被誘惑又容易認真。他明知和一個妓女相好有多下賤，但他在起誓賭咒之後仍是止不住自己往妓院跑。他和朋友們爭論，說馬克思也愛過妓女。這個男人是我那個呆裡呆氣的外公。他認識趙玉墨正是在一個舞場上。他剛從國外留學歸來，人們叫他「雙料博士」。他和趙玉墨結識是一場誤會。誤會由於他沒有識別娼妓的眼力。趙玉墨那天優雅之極，戴一串雪白的珍珠，拿一本《新月》雜誌。趙玉墨也許有心把自己打扮成大戶人家的待嫁小姐。還裝出一點老小姐落落寡合的樣子。雙料博士問她肯不肯賞光去喝杯咖啡，趙玉墨點點頭，等他上來為她披外衣掛圍巾。那天我外婆假如同去，下面我們家族這段醜聞就不會發生了。但雙料博士的朋友們說那是「單身漢之夜」，我外婆去過國外，也懂這個洋節目，其中一些不傷大雅的葷內容不能讓良家女子消受，她便留在了家裡。僅此一夜便讓趙玉墨插了足。喝咖啡時她把剛讀過的東西販賣給他。他覺得她不時飛來的一兩瞥眼風太耀眼了，他給刺激的渾身細汗，喉口發緊，心臟腫脹。我外婆是從不釋放雌性能量的女人，並且很看低有這種能量的女人。從傳統上說，男人總是去和我外婆之類的女人成立婚姻家庭，但從心理和身理都覺得吃虧頗大。成熟一些的男人明白雌性資質多高、天性多風騷的女人一旦結婚全要扼殺她們求歡的肉體渴望。把娼妓的美處結合到一個良家女子身上，那是做夢，而反之。把淑女的氣質罩在一個娼妓身上，讓她以淑女對外以娼妓對你，是可行的。譬如趙玉墨。她是一個心氣極高的女子，至少有一萬個心眼子。對付三教九流，她有三教九流的語言、作派。她從小就知道自己投錯了胎，應該是大戶人家的掌上明珠。難道她比那些掌上明珠少什麼嗎？她四書五經也讀過，琴棋書畫都通曉，父母的血脈也不低賤，都是讀書知理之輩，不過都是敗家子罷了。她是十歲被父親抵押給做賭頭堂叔的。堂叔死後，堂嬸把她賣到花船上。十四歲的玉墨領盡了秦淮河的風頭，行酒令全是古詩中的句子，並且她全道得出出處。在她二十五歲這年，她碰上了雙料博士。她心計上來了：先不說實話，迷得他認不得家再說。二十五歲的名妓必須打點後路，陪花酒陪不了幾盞了。我外公聽她講身世時，兩人在一間飯店的房間裡。外公剛知道做男人有多妙，正在想，過去的三十六年全白過了。他旁邊躺著他的理想：娼妓其內淑女其表。這個時刻，他還不知道趙玉墨是徹頭徹尾的、職業的、出色的名娼妓。

趙玉墨這夜豁出去了，連一文錢也不賺。她約雙料博士第二天早晨一塊吃早飯。她破天荒地起個大早，給妓院媽媽五塊大洋，說是她昨晚生意不錯，多孝敬媽媽幾包煙。和雙料博士見面後，她開始講自己的身世。她摻了一半假話。說自己十九歲還是童身，只陪酒陪舞，直到碰上一個負心漢。負心漢是要娶她的，她這才委身。幾年後負心漢不辭而別，她心碎地大病，直病到上個月。她一番傾訴不僅沒噁心雙料博士，他還海誓山盟地說，他再也不做第二個負心漢。

趙玉墨的真相是我外婆揭露的。她在外公西裝內兜裡發現了一張旅店經理的名片。她打電話問：「胡博士在嗎？」經理張口便稱她：「趙小姐。」外婆機智得很，把「趙小姐」扮下去，「嗯，嗯」地答應，不多說話。經理便說：「胡博士說他今天下午四點來，晚一小時，請你在房間等。」

我外婆只用了半天功夫就把趙玉墨的底給摳了。她向我外公攤底牌時，我外公堅決否認趙玉墨是妓女。我外婆動用了胡博士所有的同學朋友，才讓他相信南京只有一個趙玉墨，就是秦淮河藏玉樓的名娼。這時已太晚。趙玉墨的心術加房中術讓我外公惡魔纏身，他說趙玉墨是人間最美麗最不幸的女子，你們這樣歧視她仇恨她，虧你們還是一介知識分子。

我姨媽書娟就是在這段時間零零星星聽見趙玉墨這個名字的。

其實讓我外公這類書呆子幡然悔悟也省事，就是悲悲傷傷地吞嚥苦果，委委屈屈地接受事實。他標榜自身最大的美德是善良；他從不傷害人，尤其是弱者，尤其是已受傷的弱者。我外婆這時真病裝病一起來，眼神絕望，嬌喘不斷，但對我外公的外出不再過問。這就讓我外公同情心大大傾斜，碰上趙玉墨小打小鬧、使小性子，他已不覺可愛，他煩了。一張出國講學邀請救了他也救了外婆。我外公屆時撒謊已撒油了，讓三角關係給磨練出來了。他跟趙玉墨說講學重要，薪水也重要，要她忍忍相思折磨。趙玉墨的一萬個心眼子都感到了不妙，卻無力阻攔。

這時趙玉墨跳得出神入化，其實是在受失敗的折磨。她垂著的雙眼一抬，目光立刻給對面的眼睛頂回來——書娟一臉黑暗，眼睛簡直在剝她的皮。玉墨一下子停住了。剎那間她那麼心虛，那麼理虧，這個女孩只消看看她，就讓她知道書香門第是冒充不了的，淑女是扮不出來的，貴賤是不可混淆的。她多次在胡博士的錢夾裡看見這女孩的照片，而見到此刻的女孩，她懂了什麼叫「自慚形穢」。她也配相思胡博士那樣的男人？連戴教官都不見得拿她當人看。她這一想幾乎要發瘋了，二十年吃苦學這學那，不甘下賤，又如何？不如就和紅菱豆蔻一樣，活一時快活一時。

玉墨在人們眼裡搖身一變，上流社會的舞姿神態蕩然無存，舞得妖氣十足，浪蕩無比，舞到男人身邊，用肩頭或胯骨狎昵的擠撞他們一下，跳著跳著，解開狐皮護肩，向戴教官一甩。裡面是件厚毛線外套，她也一顆顆解開絨球鈕扣，邊跳邊脫衣。她想：可把那長久以來曲起的腸子伸直了。伸張浪女人的天性太痛快了。她在丘八們的喝彩聲中得意忘形，笑得連槽牙也露出了兩顆。丘八們覺得變成大嘴美人的玉墨把他們招惹得心裡身上都不乾不淨起來。這時玉墨來到戴教官身邊，只穿一層薄綢旗袍的胸脯顯出兩團圓乎乎的輪廓，戴教官眼睛飛快的往那裡跑了幾趟，不敢滯留，迅速回到玉墨臉上。玉墨全懂戴教官怎樣了，他此刻的觸覺全長在目光裡。她順手拉他一把，他便潰不成軍，兵敗如山倒地依在她懷裡。她在眾男女的瘋狂大笑中摟著他舞下去。那個叫書娟的女孩秀雅無聲的罵她「騷婊子，不要臉，」讓她罵去，這莊重的院牆外面，人們命都不要了，還要臉做什麼?!要臉不要臉，日本下流坯都扒你褲子。

人們看著戴教官終於放下素有的矜持，也放浪形骸起來。女孩們不知該如何看待這個局勢，有的慢慢走開了，有的跟著起鬨。書娟的臉正對著玉墨，她什麼也不表示，表情全部去除，似乎對這婊子有一點表示，哪怕是憎惡，都貶低她自己。她高貴就高貴在此，像菩薩看待蛆蟲一樣見怪不驚。

書娟的淡漠果然刺傷了玉墨。她想到自己機關算盡，怎麼可能對付這樣一家人？容忍你像蛆一樣拱著；蛆也要存活呀，他們高貴地善良地對此容忍。玉墨這下子可真學會了做紅菱、做豆蔻了，就破罐子破摔，摔給你看。她把下巴枕在戴教官的肩上，兩根胳臂成了菟絲，環繞在戴教官英武的身板上。戴教官的傷臂讓她擠疼，卻疼得情願。她突然給戴教官一個知情的詭笑，戴教官臉上掛起賴皮的笑容。她知道他慾火中燒，他答覆她：都是你惹的禍呀。

所有窯姐和軍人都知道兩人的一答一對是什麼意思，全都笑得油爆爆的。只有王浦生不明白，拉住豆蔻的手，問她大家在笑什麼。豆蔻在他蒙了繃帶的耳朵邊說：「只有你童男子問呆話！」她以為她是悄悄話，其實所有人都聽見了，笑聲又添出一層油葷。紅菱也把李全有拉起。

阿多那多這時出現在門口，用英文說：「安靜！」

沒人知道他說什麼，紅菱說：「神父來啦？請我跳個舞吧！跳跳暖和！」

阿多那多說：「你們國難當頭了，知道不知道？」

紅菱說：「我們不跳就不國難當頭了？」

「這裡不是『藏玉樓』，『碧螺苑』。」阿多那多聲音粗大得嚇人，和揚州掌勺師傅一樣的音色。

「喲！神父，你對我們秦淮河的門牌摸得怪清楚的！是不是來過呀？」喃呢說。

我姨媽書娟轉身便走。在我寫的這個故事發生之後，她對妓女們完全改變了成見。不過她長長的一生中，回憶這一群風塵女子時總會玩味她們的笑聲。她們真是會笑啊。人們管她們的營生叫作：「賣笑生涯」，看來滿貼切。光是書娟在那個晚上就領略到她們各色的笑，她覺得應該專為她們不同的笑編一個字典，注釋每一個笑的意思，引中意、喻意。或者，把那些笑編成一個色譜，從暖到冷，從暗到亮。她們這些女子語言貧乏，笑卻最豐富，該說的都在笑聲之中。不過我姨媽能夠這樣從美學上來認識這群女子還得一個重大事件，就是我正在寫的這個事件。我此刻想像當年書娟的背影怎樣留在趙玉墨的視野裡，那是個傲慢淡然的背影，都不屑於表示鄙夷。書娟是在阿多那多說：「安靜」這個英文單詞時走開的。她走得很慢，走走，輕輕一踢地上的落葉。她想為母親報復一下叫趙玉墨的娼妓。身後響起一陣一陣的笑，直到阿多那多說：「真是『商女不知亡國恨』。」

妓女們楞了一下，紅菱的揚州話接道：「隔江猶唱後庭花。」

「紅菱不是繡花枕頭嘛！」不知哪位窯姐大聲調笑：「還會詩呢！」

「我一共就會這兩句。」紅菱說著，又笑。「人家罵我們的詩，我們要背背，不然挨罵還不曉得。」

喃呢說：「我就曉得。豆蔻肯定也不曉得。保證你罵她她還給你彈琵琶。」

豆蔻說：「彈你媽！」

書娟已走到住宿樓下面。她沒聽見玉墨的嗓音。

玉墨盯著書娟單薄的背影走進了樓的門洞，才回過神來，聽一屋子男女在吵什麼。

紅菱說：「……又沒炭給我們烤火，跳跳蹦蹦暖暖身子，犯什麼法了?!」

「這是什麼時候？啊?!」阿多那多說：「還要木炭烤火呢！還要什麼?!要不要我上街叫幾碗小餛飩給你們宵夜？外面血流成河，到處是死屍！」

軍人們不聲響了，戴教官臉上的紅潮已退下去。豆蔻尖叫：「出牌呀！」人們一哆嗦，像從夢裡醒來。

*

女孩們用她們的形式抗議窯姐們。她們在書娟的組織下，在每晚祈禱前合唱《聖經・詩篇》。女孩中至少有一半學過鋼琴，因此不缺風琴手。她們穿著禮拜天的唱詩袍子，個個把小臉繃成石膏塑像，一眼都不朝看熱鬧的妓女和士兵瞥。

一九三七年十二月中旬，占領南京的日本軍隊聽見火光和血光聲中升起的《聖經・詩篇》，歌聲清洌透明，一個個音符圓潤地滴進地獄般都市，猶如天堂的淚珠。正在縱火、揮舞屠刀、行施姦淫的侵略者散失的人性突然在此刻收攏一霎。後來他們中的一些人活到戰敗之後，活到了帝國光榮的夢想幻滅，活到了晚年，還偶然記起這遙遠的童貞歌聲。

英格曼神父起初為歌聲不安，恐怕歌聲驚動滿城瘋狂的占領軍，使教堂變成更大的目標。但當他走到禮拜堂，看見女孩們天使般的面孔，立即釋然了。在這種時候一座毀於武裝對抗的大都市，或許能被寬容的歌聲安撫。誰會加害這些播送無條件救贖的女孩呢？狼也會在這歌聲中立地成佛。

歌聲一夜一夜繼續。

窯姐們和軍人們的狂歡也夜夜繼續。英格曼已經放棄幻想：日本軍隊三番五次從安全區拖出良家女子、女大學生去姦污殺害，一些有門路的人弄來船隻，從安全區逃走。相對來說，教堂是安寧和安全的。他只對窯姐們帶來的污糟氣氛而憤怒，後悔當初對她們心太軟。

這天夜裡，雨加小雪使氣溫又往下降了十來度。英格曼神父在生著壁爐的圖書室閱讀，也覺得寒意侵骨。圖書館的窗子失修，天棚又過高，陳喬治不斷來加炭，還是嫌冷。陳喬治再次來添火時，英格曼說該省就省，日軍占了炭窯，炭供應不上，安全區已有不少老人病人凍死。他以後就回臥室區夜讀了。下半夜時，英格曼神父正準備熄蠟燭就寢，聽見圖書室有女人嗓音。他想這些女人真像瘡痍，不留神已染得到處皆是。他披上鵝絨起居袍，走到圖書室門口，看見玉墨、喃呢、紅菱正聚在壁爐的餘火邊，各自手裡拿著五彩的內衣，邊烤邊小聲唧咕笑鬧。

竟然在這個四壁置滿聖書、掛著聖像的地方。

英格曼神父手腳冰涼，兩腮肌肉痙攣。他認為這些女人不配聽他的憤懣指責，便把法比・阿多那多叫來。

「法比，怎麼能讓這樣的東西進入我的圖書室?!」

法比・阿多那多拳頭都握起來了。他破口大喊：「褻瀆！你們怎麼敢到這裡來？這是哪裡你們曉得不曉得?!」

紅菱說：「我都凍得長凍瘡了！看！」她把蔻丹剝落的赤腳從鞋裡抽出，往兩位神父面前一杵。見法比避瘟似的往後一蹦，喃呢咯咯直樂，玉墨用胳臂肘搗搗她。她知道她們這一回闖禍了，從來沒見這個不陰不陽的老神父動這麼大聲色。

「走吧！」她收起手裡的文胸，臉烤得滾燙，脊梁冰涼。

「我就不走！這裡有火，幹嘛非凍死我們？」紅菱說。

她轉過身，背對著老少二神父，赤著的那隻腳伸到壁爐前，腳丫子還活泛的張開合起，打啞語似的。

「如果你不立刻離開這裡，我馬上請你們所有人離開教堂！」阿多那多說。

「怎麼個請法？」紅菱的大腳指頭勾動一下，又淘氣又下賤。

「我可以動用安全區的警察來請你們！」阿多那多威脅。

「哪位警察阿哥？姓什麼？警察阿哥都是我老主顧。他們一聽姑奶奶在這裡生凍瘡，馬上雪裡送炭。」紅菱洋洋得意，烤了一隻腳丫再烤另一隻腳丫。

玉墨上來拽她：「別鬧了！」

紅菱說：「請我們出去？容易！給生個大火盆。實在捨不得炭，給點燒酒也行。」

「陳喬治！」英格曼神父發現樓梯拐角伸伸縮縮的人影。那是——陳喬治，他原先正往這裡來，突然覺得不好介入糾紛，耍了個滑頭又轉身下樓。

「我看見你了！陳喬治，你過來！」

陳喬治木木登登地走了過來。迅速看一眼屋裡屋外，明知故問地說：「神父還沒休息？」

「我叫你熄火，你沒懂嗎？」英格曼神父指著壁爐。

「我這就打算來熄火。」陳喬治說。

陳喬治是英格曼神父撿的乞兒，送他去學了幾個月廚藝，回來他自己給自己改了個洋名：喬治。

「你明明又加了炭！」英格曼神父說。

紅菱眼一挑，笑道：「喬治捨不得凍壞姐姐我，對吧？」

陳喬治飛快地瞪她一眼，這一眼讓英格曼神父明白，他已在這豐腴的窯姐身上吃到甜頭了。

*

雨霏霏一下兩天。所有的衣服都成半潮的，人們從心裡泛出一陣陣陰冷。紅菱和陳喬治在鍋爐後面好了一場，紅菱用手帕蘸著唾沫擦著陳喬治臉上蹭的鍋灰。「說，酒藏在哪裡？」

「說了就把我攆出去做叫花子了。」

「做叫花子我養你。」

「真不能說！……」陳喬治的腮幫給紅菱用兩個留尖指甲的手指掐住：「別逼人家嘛！」

「還想不想香香肉啦？」

「哎喲！嘴巴子掐出洞來了！」

「掐？我還咬呢！」紅菱說著嘴就上來了，一口咬住陳喬治的耳垂。

陳喬治覺得一陣熱往下走，又去解紅菱的旗袍鈕扣。紅菱躲他：「酒窖在哪兒？」

陳喬治答：「你給了我我告訴你。」

「告訴我我就給。」

「你先給。」

「你先講。」

陳喬治想，反正教堂藏的酒不少，不在乎她偷一兩口。他招出了酒窖位置。兩人下到菜窖旁邊的一間矮窯，紅菱用手一摸，裡面全是陶酒罈子。她抱了兩罈出來，叫陳喬治擦根洋火。紅菱說：「哎呀，是『女兒紅』。」

陳喬治叫她手下留情，酒是望彌撒給教友喝的，因為英格曼神父看不上中國的紅葡萄酒，進口紅葡萄酒又太貴，他不得已用「女兒紅」代替紅酒。陳喬治一面勸阻，一面幫紅菱往外搬酒罈。

女孩們發現窯姐們這一夜很靜。外面零星的槍聲顯得格外清晰。快入夜時，她們聽見窯姐們唱起小調來。是江南人人都熟的「採茶調」。窯姐們和軍人們大多數是江南人，江南現在沒有了，只剩下他們口中的「採茶調」。開始調子還快活輕佻，慢慢有男人聲音加入，拖緩了節拍，音調也不準了。這有點黃腔左調的江南小曲變得像哭一樣難聽。儘管難聽，女孩們聽得心酸起來。她們也都是頭一次想到「江南沒有了啊」。

「採茶調」在一根琵琶弦上彈奏，聽去像沿街乞討。

酷似乞討的琵琶聲不知怎樣把王浦生的眼淚先惹了出來。王浦生的眼淚剎那間引出了所有人的眼淚。窯姐們和軍人們開始只說聚一塊打兩圈牌，喝喝酒，幾口酒下去，「採茶調」便唱起來了。他們這才發現心裡還是有那麼些人可牽記，那些人都和江南一塊沒了。也還是有一些好風景可思念，草屋也好瓦屋也好，半畝水田三分菜園也好，都和江南一塊沒了。酒是壞東西，勾引起他們一肚子傷心事。

我姨媽書娟這天夜裡鬧起失眠來。她前天認出玉墨後就想如何替母親報復這個婊子。

也是替自己報仇。書娟把自己的遭遇清算到玉墨頭上：不是這婊子她這時一定和父母守在一塊。只要和父母相廝守，是生是死她都認了。她悄悄地溜出被窩，套上羊毛長統襪，蹬上皮鞋，披上大衣。火盆裡炭火還在眨動。她實在沒有報復的武器，便把火鉗子放在炭火上燒。她想，在那婊子細皮嫩肉的瓜子臉上燒個紀念吧。她抓起燒紅的火鉗，輕聲走出門。

書娟走到瀟瀟冬雨中，聽見低啞的琵琶彈奏著她和她父母都不屑耳聞的「採茶調」。它貧賤俗媚的音符給彈得如此低沉，讓書娟感到不倫不類。

她一直往前走，現在站在倉庫的門口了。倉庫門開了一條縫，裡面點著幾盞蠟燭。一股酒氣從門縫裡冒出。書娟直是想，火鉗子燒紅的一頭可別涼掉。雨冰冷冰冷，別澆壞她的兇器，澆滅她的果敢。只要喚出那婊子，下一步就容易了。她突然發現一屋男女都在哭。

「唱啊，怎麼沒人唱了？」豆蔻從琵琶上抬起臉。

王浦生「哇」的一聲大哭起來，嘴角又跑到繃帶裡不見了。這回是紅花綠葉的繃帶，王浦生給包紮得像個小姑娘。

豆蔻把琵琶一扔，說：「都是它不好！就這一根弦，比瞎子彈三弦要飯還難聽。」她說著用袖口抹抹眼睛。

「誰站在外頭啊？進來吧。」玉墨說。

外面黑，書娟趕緊往更黑處躲一步，一腳踩在坑窪處，趔趄得把火鉗子落在雨水裡，有氣無力地「嗤」了一聲，白煙子倒不小，等玉墨到門外它還在冒。

書娟已經躲到拐角裡了。

阿多那多聽見一串槍聲響在城西。又在槍斃戰俘了。他聽說槍斃是對中國戰俘或嫌疑戰俘已是最好優待；日本兵們已經膩煩用子彈了。他們的殺戮方式越來越五花八門。每次出去找糧，阿多那多都大汗如洗，兩個膝蓋虛弱打晃。他感謝上帝，讓他長了一張洋面孔。在屠宰場一般的南京城，他這面孔等於盔甲面具。

他再想睡就睡不著了。起身披衣，上下牙嗑得聲響清脆。他晃晃酒瓶，只有個底子了。跟了英格曼神父十多年，阿多那多還是喝不慣西洋人的酒。夜深時分，他回歸本性；呷兩口燙熱的大麴，佐酒也是中國市井小民的口味：幾塊蘭花豆腐乾，半個鹹鴨蛋。可惜大麴喝光了。他想起酒窖裡的「女兒紅」，勁頭是差了點，但比洋酒順嘴順腸胃多了。

他走到院裡，看見倉庫裡的燭光，扒在門縫上，看見一地的陶酒罈。傷兵和窯姐們倚倚摟摟，吭吭唧唧，南京城風化最糟的一隅搬進這裡了。

他推開門，在胸口劃著十字，聲音是模仿英格曼神父的，平直單調，加上頭腔胸腔鼻腔共鳴：「你們還有什麼幹不出來的？做彌撒的酒也給你們偷來作樂！」

紅菱扭扭地站起身，把身後的陳喬治擋住了：「算我借的，行不行？」她一手擼下自己的玉鐲：「喏，這個少說能典一百大洋。」她走到阿多那多面前，肚子向前腆，下巴向後蹩，一副小孩子不情願地把半塊糕餅分給別人的憨俏模樣。

阿多那多把手往身後一背，根本不去看紅菱：「你們這樣的女人，不必躲在這裡啊——吃著教堂的糧，占著教堂的房，你們出去，自有日本人餵你們好酒好肉！」

戴教官兩眼通紅，從一個當凳子的破木箱上站起來：「你說什麼?!」

玉墨在他肩上使勁一捺。

紅菱還是嬉皮笑臉，「幹什麼呀？明天活著不活著都不曉得，較什麼真？」她轉向阿多那多，熱呼呼一嘴酒氣：「對不對？敢擔保哪個炮彈不落在這院裡，轟隆隆！……什麼酒呀，風化呀，狗屁！拿著，去典了它，夠我們喝幾夜的吧？也夠請你神父客了！來來來，還有酒沒有？給神父倒上！豆蔻，琵琶呢？」

「我最後一次警告你們……」

紅菱打斷他：「不就是喝喝酒，唱唱歌，想想家嗎？」她指著王浦生：「這個孩子傷口都爛了，還不讓人想想媽媽呀？」

阿多那多看一眼王浦生。只有他一人閉著眼昏睡，臉色和死了的人沒有區別。他的頭枕在叫玉笙的窯姐腿上，所有的皮大衣，披肩都蓋在他身上。阿多那多走過去，摸摸浦生的脈搏。燒發得不低。顯然是傷口感染了。

「得想法子找個醫生來。」阿多那多說。

「所以嘛，樂一個時辰，算一個時辰，都是死過的人，我們就得好好陪他們樂樂……」

紅菱自己讓一個酒嗝給噎一下。

「閉嘴。」阿多那多說。

「閉就閉。」紅菱說。她靜了不到兩秒鐘，又說：「我這人就是沒脾氣，好講話，能吃虧。一個玉鐲換你幾壺酒，……」

「閉嘴！」阿多那多大吼。

紅菱一抖，左右看看：「我不閉著嗎？」

「陳喬治！」阿多那多叫道。

陳喬治藏不下去了，從喃呢和另一個窯姐身後走出來。他想，這碗伙夫飯，恐怕要吃到頭了。

「去，拿藥包來。快點！」

陳喬治嘴一張，紅菱說：「快去！我替你謝謝神父！」

陳喬治跑出去。阿多那多陰沉著臉，仍學著英格曼神父平直單調的語調說：「昨天一個日本軍官一口氣砍掉十個中國人的人頭，血把刀刃給燙軟了，他才歇下來。」

大家都不做聲，過了半分鐘，李全有說：「你看見了？」

阿多那多說：「嗯。」

「你還看見什麼了？」

「英格曼神父叫我拍照，我手抖，拍不下來。……一個池塘裡死屍都滿了，水通紅的，還有小孩子。」

他說完就轉身出去了。

紅菱說：「喝喝喝，說不定過幾天那池塘裡是你，是我呢！」

只有豆蔻一人不清楚大家止說什麼。她見喬治拿了藥包回來，從裡面取出消炎藥粉。她手腳麻利地把藥粉倒在自己的碗裡，用食指劃拉了幾圈，看小半碗酒和藥粉混勻了，端到王浦生面前。她又是「乖乖」，又是「寶貝」地低聲哄著，把藥酒給王浦生喝下去。王浦生睜開眼，老了似的眼皮疊起一摞皺紋。他說：「謝謝您，豆蔻。」

豆蔻說：「不要謝我，娶我吧。」

這回沒人笑她。

「我跟你回家做田。」豆蔻說，小孩過家家似的。

「我家沒田。」王浦生笑笑。

「你家有什麼呀？」

「……我家什麼也沒有。」

「……那我就天天給你彈琵琶。我彈琵琶，你拉個棍，要飯，給你媽吃。」豆蔻說，心裡一片甜美夢境。

「我沒媽。」

豆蔻楞一下，雙手抱住王浦生，過一會，人們發現她肩膀在動。豆蔻是頭一次像大姑娘一樣躲著哭。

天快明他們才睡。睡到女孩們開始朗讀課文，才醒來。他們醒來發現豆蔻不在了。阿顧說他看見豆蔻在院裡走，醉得不輕，支使阿顧去幫她拿三根琵琶弦。她說她的琵琶只剩一根粗弦，難聽死了。阿顧哄她等天亮再去幫她拿。她說哪裡等得到天亮？天亮了王浦生就走了，聽不見她彈琵琶了。阿顧騙她他不識路。她說秦淮河都不認識呀？她指路給阿顧，說琵琶弦擱在她的梳妝臺抽屜裡。阿顧又騙她，說他太瞌睡，等他睡一個時辰一定幫她去拿琴弦。

等到晚上，豆蔻沒回來。阿多那多去安全區請的醫生倒是來了。醫生說安全區美國女教務長惠特琳今天早上救了個十五、六歲的小姑娘，給日本兵輪姦後又捅了兩刀。小姑娘的名字叫豆蔻。

*

我根據我姨媽書娟的敘述和資料照片中的豆蔻，設想出豆蔻離開聖瑪麗教堂的前前後後。照片有三張：正面的臉、側面的上半身、另一個側面。豆蔻有著完美的側影，即使剃掉了頭髮，面孔浮腫。想來是哭腫的，也有可能是讓日本兵打的。當時她奄奄一息，被日本兵當屍體棄在當街。事發在早上六點多，一大群日本兵自己維持秩序，在一個劫空的雜貨鋪裡排隊享用豆蔻。雜貨鋪裡有一個木椅，非常沉重，它便是豆蔻的刑具。日本兵們只穿著遮襠布等著輪到自己。

豆蔻手腳都被綁在椅子扶手上，人給最大程度地撕開。她嘴一刻也不停，不是罵就是啐，日本兵嫌她不給他們清靜，便抽她耳光。她靜下來不是因為被暴打降服，而是她突然想到了王浦生。她想到昨夜和王浦生私定終身，要彈琵琶討飯與他和美過活。這一想豆蔻心粉碎了。

豆蔻還想到她對王浦生許的願：她要有四根弦就彈「春江花月夜」、「梅花三弄」給他聽。她說：「我還會唱蘇州評彈呢。」她怕王浦生萬一閉眼嚥氣，自己許的願都落空，便從教堂的牆頭翻出去了。豆蔻從小被關在妓院，實際上是個受囚的小奴隸，因此她一上街完全不知東南西北。尤其是遍地狼藉的南京，到處斷壁殘垣，到處是火焚後的廢墟，馬車倒在路邊，店鋪空空蕩蕩，豆蔻馬上後悔了。她轉身往回走，發現回教堂的路也忘了。冬天的早晨遲遲不來，陰霾濃重的清晨五點仍像午夜一般黑。豆蔻再走一陣，越走越亂。假如她沒有看見一個給剖開肚子的赤身女人，或許她有一線希望躲避過後來那一劫。她聽見三個日本兵走過來時，便往一條偏街上跑。三個日本兵馬上追上來。豆蔻腿腳敏捷，不一會便鑽進胡同把追蹤者甩了。就在她穿過胡同時，突然被一堆軟軟的東西絆倒。一摸，竟是一堆露在腹外的五臟。豆蔻的驚叫如同厲鬼。她頓著足，甩著兩隻冰冷黏濕的手在原地整整叫了半分鐘，然後就邊跑邊叫，嗓音叫得千瘡百孔。

豆蔻這一叫就完了。三個已放棄了她的日本兵包圍了她。她的叫聲吵醒不遠處宿營的一個騎兵排，馬上也循著花姑娘的慘叫而來。

十五歲的豆蔻被綁在椅子上，只有一個念頭：快死吧，快死吧，死了變最惡的鬼，回來掐死咬死這一個個拿她做便盂的野獸、畜牲。這些個說畜話胸口長獸毛的東西就這樣跑到她的國家來恣意糟踐，她只盼著馬上死去，化成一縷青煙，那青煙扭轉變形，漸漸幻化出青面獠牙，帶十根滴血的指甲，並且刀槍不入，行動如風。青面獠牙的復仇女鬼嘎嘎地獰笑，讓這些人形野獸望而喪膽……

豆蔻在被救活之後，常常獰笑不止，「嘎嘎嘎嘎」，讓臨時醫院的病友毛骨悚然。

我在一九九四年，一次紀念「南京大屠殺」的圖片展覽會上，看見了另一張豆蔻不堪入目的照片。這是從日本兵營的檔案中查獲的，照片中的女孩被捆綁在一把老式木椅上，兩腿撕開，正對著鏡頭，女孩的面孔模糊，大概是她不斷掙扎而使鏡頭無法聚焦。我認為那就是豆蔻，日本兵們對這如花少女施暴之後，又下流地將這個釘在恥辱十字架上的女體攝入鏡頭。

被醫治的豆蔻精神時而錯亂，時而正常，她在幾種精神狀態下都牽記著王浦生。尤其當她癲狂發作，口口聲聲地叫喊王浦生的名字。在給王浦生進行截肢手術之前，那位叫特里默的美國醫生把這情形告訴了王浦生。手術室是臨時布置的，就是阿多那多的臥室，因為安全區救護太多傷員，麻醉劑嚴重缺乏，為王浦生做的截肢手術只能用少量麻醉，手術後半部分，劇烈的疼痛反撲過來。王浦生嘴口咬了一塊毛巾，覺得豆蔻的疼痛延伸到他身上。豆蔻下體被撕爛，肋骨被捅斷，這些疼痛都延伸到每一鋸每一刀每一針上，王浦生鬆開了牙關，長長地嚎叫一聲。

我姨媽書娟和她的女同學們是從英格曼神父口中得知了豆蔻的可怕遭遇。開始她們發現氣氛變得怪異，窯姐們都安靜得很。她們向阿多那多打聽，是不是小兵王浦生出了事。她們是知道王浦生傷勢的。阿多那多只說了一句：「是豆蔻出了事。」「出了什麼事？」

「……」

她們再追著問下去，阿多那多又露出粗相：「瞎問什麼？讀你們的書去！」這時他們聽見英格曼神父說：「應該讓孩子們知道這件事。」

英格曼神父這時站在她們的教室門口。

接下去，女孩們聽英格曼神父以他素有的平直單調的聲音，把豆蔻的遭遇講述一遍。她們全傻了。只有兇險事發生在身邊一個熟識者身上，才顯出它的實感它的真切和險惡程度。女孩中有些想到豆蔻初來的那兩天，她們為了她盛走一碗湯和她發生的那場衝突。想想豆蔻好苦，十五歲的年華已被當貓狗賣了幾回。她但凡有一點活路，能甘心下賤嗎，誰說婊子無情？她對王浦生就那麼一往情深。她們又想到豆蔻一雙長凍瘡的紅手給傷兵們洗繃帶，晾繃帶，想到豆蔻爬到核桃樹上，把一隻房檐上掉下的野貓崽子放回去，還想到豆蔻坐在伙房門口替陳喬治剝水發蠶豆……她們竟心疼不已，覺得哪個窯姐換下豆蔻都行，幹嘛偏偏是十五歲的豆蔻呢？

從那以後，阿多那多把他從外面拍回的照片洗出來給女孩們看。女孩們都用手捂住眼睛，然後從指縫去看那橫屍遍野的江洲，燒成炭的屍群，毀成一片瓦礫的街區，一池鮮血的水田……英格曼神父完全改變了對女孩們的教育方針：他要她們看清楚，並且要永遠記住。女孩們漸漸地敢於正視這些照片了。

她們的歌聲綻放在夜空中，伸展如絲絨，柔軟地摩挲著黑色的夜晚，摩挲在那些殺人殺得痙攣的神經上。

劊子手們覺得這樣的歌聲是在打擾他們。歌聲播撒著聲聲追問。播撒著弱者的正義審判。一些信奉者持著屠刀迷惘了。迷惘可是他們不需要的。

他們轉著頸子向夜空裡找尋：歌聲來自何處？

女孩們唱著，目光漸漸老成，悲愴，和她們的年齡毫不相符。

窯姐們打著牌，突然也把女孩們的歌當小調哼起來。她們打牌不再快活輕鬆，常為一點小事罵起架來。所有人的刁鑽古怪都發作了。豆蔻下場那麼慘，她們似乎靠打打架罵罵人才能把恐怖、怨艾、無望發作出去。她們個個暴躁怪戾，一觸即炸，連一向有淑女涵養的玉墨也犯潑，為打牌輸了幾文錢和自己師妹玉笙罵街。

戴教官勸了幾句，勸不住，覺得無趣之極，心情灰敗到極點。前途後路兩茫茫，身為軍人整天和一幫粉脂女子廝混，倒不如半個月之前戰死爽快。他走到院裡，雨停了，這個大型屠殺場的夾縫裡真靜，靜得人心驚肉跳。

他慢慢走著。不久發現自己站在墓園裡。他來這裡做什麼？找那些被英格曼神父繳走的武器？他尋找武器做什麼？是從這裡出去找日本人報仇？或者他對這種一日一日的消磨不耐煩了？他是個軍人，在幾十萬大軍潰敗之後，在成千上萬的戰友被槍斃、砍頭、活埋之後，還能如此一日一日消磨，不失可恥。

戴教官走了一圈，沒有發現哪一處土被翻過。翻土的痕跡也許被雨消滅了。他的目光落在一座座石雕的十字架上。傳教的美國人真傻，走了大半個地球，來這裡葬身。他們的上帝是個鐵路警察，管不了這一段的。可哪一段他也沒管好啊。戴教官掛著一個慘笑，站在那不相識的死者墓前，劃了個十字。

戴教官回到住處不久，聽見教堂裡一片嘈雜。阿顧跑來，說一群日本兵在教堂正門外面，要闖進來搜查中國散兵游勇。阿多那多神父正在阻止他們。英格曼神父叫傷員們立刻轉移到酒窖裡。

十分鐘後，五個傷員在酒窖裡安頓下來。阿多那多氣喘吁吁地鑽進來。他額頭被刺刀挑破，血流了一臉。白色的教袍子領子也染得殷紅。他對傷兵們說鬼子已經被他堵出去了，但傷員們暫時不可出來。他掀起一個小蓋子，漏進一點灰色的光和灰色的空氣。他說這是唯一透氣口，希望大家忍耐。

阿多那多剛要出去，戴教官喊住他：「槍和手榴彈藏在哪裡？」

阿多那多說他不知道。不過他聲音是要他們明白他是知道的，但他不說。

「神父，我們有槍的話，這裡面不會再出豆蔻那樣的事！」戴教官說。

阿多那多請他放心，有英格曼神父和他，豆蔻那樣的事萬一發生，也只會在他們兩個神父變成屍體之後。

從那個透氣口，戴教官可以聽到外面的聲音。英格曼神父正告訴女孩們，從下午起，教堂不再是安全港，看來日本人有奸細，探聽到教堂裡藏有中國傷兵。或許奸細們早就注意教堂了——教堂不斷扔出的血污棉球，以及特里默醫生的幾次出現在教堂門口的急救車為他們提供了線索。

半夜時分教堂裡再次哄亂起來。瘋狂的狗叫就在附近。戴教官從透氣口聽到英格曼神父在大聲斥責什麼。他一改平直單調的嗓音，中國話的抑揚頓挫全都精確之極：

「已經告訴過你們，這裡沒有軍人，你們居然擅自闖入中立地帶，我可以向國際安全區的律師起訴你們！……」

「對不起，我們下午的造訪被閣下謝絕了。」一個男人聲音說。戴教官判斷此人是日本人雇的翻譯。

李全有說：「出去找把鍬，也能拼一傢伙！」

戴教官做了一個叫他斂聲的手勢。他這時聽見阿多那多說：「神父，我這就去國際安全區，請拉比先生和梅凱律師。」不久聽見一聲槍響。

「法比！……」英格曼神父叫道。

「沒事，神父！——」法比．阿多那多微弱地說。

「你們竟敢向美國神職人員開槍！」英格曼神父咆哮。

李全有聽不下去了。他一瘸一拐向窨口摸去，戴教官拉住他。「誰也不准動，動一動軍法從事。出去會牽累兩位神父。我出去看一下。」

這個時候，玉墨和其他窯姐們都藏在倉庫的閣樓上，閣樓也堆滿快要風化的報紙、書，她們站在散滿老鼠糞的報紙文件堆上，從窄窄的木窗格往外看。院子被日本兵的十幾把大電筒照得雪亮，而持電筒者面目隱綽，陰森可怖。

槍聲驚醒所有女孩，她們並不知道，槍聲就響在院子裡，只覺得它太近了。黑暗中她們叫喊：「哪裡打槍？阿多那多神父！……阿顧！……」

阿多那多捂著中彈的右腿，對女孩們的宿舍喊道：「不要出來！……」

她們集中到臨院子的屋子，從窗簾縫隙往外看。她們和窯姐們看到的是同一個場面，只是角度不同：首先是躺在阿顧懷裡的阿多那多，然後是架在他們周圍的刺刀。英格曼神父穿著棗紅色鵝絨起居袍，手持一個帶玻璃罩的燭臺。這是她們如此近距離地看著日本侵略者。因為聯想到豆蔻和傷員們，也因為聯想到那些照片上的地獄圖景，她們此刻眼中的日本占領軍便是穿馬褲皮靴的惡鬼。

我姨媽書娟在晚年還清楚地記得：那天夜裡她赤著兩腳站在地板上，卻毫不感覺到寒冷。她看見拿著電筒的日本兵仰頭向樓上看來。當然是看不見暗處的女同學們。但她們剛才那童音未褪、含苞待放的女性嗓音足以使這群日本男人痴迷。日本男人有著病態的戀童癖，對女童和少女之間的女性懷有不可告人的慕戀。他們的耳鼓被剛才那一聲聲絲絨般的呼喊抹過去，拂過來，他們在這個血腥時刻心悸魂銷。或許這罪惡情操中有萬分之一的美妙，假如沒有戰爭，它會是男人心底那永不得抒發的黑暗詩意。但戰爭使它不同了，那病態詩意在這群日本士兵身心內立刻化為施虐的渴望。一群少女，一群童稚未泯的女孩。西方和東方的男性文化中，都仙化過這樣的唱詩班女孩。

這群日本兵就駐紮在幾條馬路之外，在他們禍害這一帶時，常常聽到天使一般的唱詩。此刻他們明白了，這便是天使們飄繚的仙地。

日本兵的領頭者是一位二十七、八歲的中佐，長著日本男人常見的方肩短腿，眉宇間英氣逼人，若不是殺人殺得眼神發直，他也不失英俊。他向英格曼神父大聲說了一句話，旁邊的中國翻譯說：「即使是國際安全區內，皇軍也隨時進行例行搜查。」

英格曼神父說：「謊言。」他看了翻譯一眼，見他無意翻譯他的駁斥，便轉用英文說：「純粹是撒謊。」

中佐懂一些英文，把「撒謊」二字聽進去了。他上來便給了英格曼神父一個耳光。「你的部隊番號我知道。我會起訴你的。」英格曼克制了以手去捂腮幫的動作，他感覺一顆牙齒被擊得鬆動了。

中佐通過翻譯對英格曼神父說：「歡迎起訴。你們美國人動不動就拿這個最沒用的詞給自己壯膽。」

「你侵犯美國地盤，就是侵犯美國國土，」阿多那多說道。

「侵犯美國國土，又怎樣呢？」中佐說。他的聲音在冷笑，並笑得優越驕狂，但他的臉容僵在那個平和淡漠的神情上。這是個不會笑的面孔。或者他鄙夷笑這一高級靈長類在進化後期生發的面部表情。

「那就是向美國挑釁。」英格曼神父說。

「十月二十三號，炸沉了你們美國保護南京的軍艦，這個挑釁更直接吧？貴國做出任何軍事反應了嗎？」

「但願你能活著看見美國的反應。」英格曼神父說。

「你威脅大日本皇軍？」

「面對十八支刺刀，發出威脅的倒是我？」

中佐通過翻譯宣布：他們軍務在身，不再費口舌了，搜查馬上開始。

英格曼神父舉起手：「上帝做證，要想搜查，踏著我的屍體過去吧。」他上前一步，胸口蹭在了兩把刺刀尖上。其中一把一挑，鵝絨起居袍被劃開一個大口子，白花花一片鵝絨飛在煞白的電筒光柱裡。

樓上的女孩們都叫起來：「英格曼神父！」

陳喬治這時從鍋爐後面出來，想看看神父怎樣了。日本人從牆頭翻越而入時，他正在鍋爐房等待與紅菱幽會，卻縮在暖洋洋的角落裡睡著了。槍聲把他驚醒之後，他始終躲在暗處觀望。陳喬治胸無大志，堅信好死不如賴活著，最近和紅菱相好，覺得賴活著也有千般滋味。他看見英格曼被打的剎那，一把提起那把坐變形的舊木凳。尊貴的神父居然挨了一耳摑子，他本能地要去替神父撈回尊嚴。但他一看十八個鬼子兵荷槍實彈，「賴活著」的信念又強大起來。他心裡罵自己是個忘恩負義的東西：神父把他從十三、四歲養到現在，供他吃穿，教他認字，發現他實在不是皈依天主的材料，還是不倦地教他讀書。神父固然是無趣的人，待他也是嫌惡多於慈愛，但沒有神父是沒有他陳喬治的。沒有人五人六的教堂廚師陳喬治。哪來的如花美眷王紅菱呢？想到此，正是英格曼神父胸膛挨了一刺刀的當口。

陳喬治一出現就被一名日本兵擒住。不管兩位神父怎樣抗議，做證，中佐都命令手下剝去他的衣服。中佐在這個赤裸的中國男青年身上端詳，指著他討飯挨狗咬留在腿上的疤說：「槍傷。」

「這是狗咬的。」陳喬治說。

英格曼神父說：「他是我十多年前收養的乞兒。」

「是啊，神父也可以收養中國戰俘。」

「荒謬。」

中佐脫下白手套，用食指指尖在陳喬治額上輕輕摸一圈。他是想摸出常年戴軍帽留下的淺槽。但陳喬治誤會他是在挑最好的位置砍他的腦瓜，他本能地往後一縮，頭躲了出去。中佐本來沒摸出所以然，已經懊惱不已，陳喬治這一躲，他「唰」的一下抽出了軍刀。陳喬治雙手抱住腦袋就跑。槍聲響了，他應聲倒下。

這時戴教官走了出來。他一手吊在三角巾裡，頭上纏著洗不去血跡的舊繃帶，站在日本兵面前。

兩位神父讓一系列突變弄得不知如何反應了。中佐那種會冷笑的字句又出來了。但翻譯只是刻板地說：「神父，美國的中立地帶不再中立了吧？」

英格曼神父鎮定地說：「他現在手無寸鐵，當然是無辜百姓。」

中佐不理會他，繼續自己的思路：「這裡面一共窩藏了多少中國軍人？」

戴教官開口了：

「我是私自翻牆進來的，不干神父的事。你們可以把我帶走了。」

「是要我們搜查呢，還是你請你的同伴自己走出來。」中佐通過翻譯問戴教官。

英格曼神父此刻走到戴教官面前，對中佐說：「我再警告你一次，這是美國人的地盤，你在美國境內開槍殺人，任意帶走無辜的避難者，後果你承擔不起！」

「你知道我們的上級怎樣推卸後果的嗎？他們說：那不過是軍隊中個人的失控之舉，已經對這些個人進行軍法懲處了，實際上沒人追究過這些『個人之舉』。明白了嗎，神父？戰爭中的失控之舉每秒鐘都在發生。」中佐流暢地說完，又由翻譯乾巴巴地翻譯過去。

英格曼神父啞口無言。他知道日軍官方正是這樣抵賴所有罪行的。

戴教官說：「神父，對不起，我擅自闖入這裡，給您造成不必要的驚擾。」他舉起右手，在血污的繃帶邊行了個軍禮。他放下手已明白了，李全有和另外兩名傷員已經摸黑從酒窖裡出來，正貓在陰影裡伺機拼命。他大聲說：「我知道教堂提供庇護，是要付出重要代價的。也可能殃及教堂中其他無辜者，所以，我放棄了最後一搏的打算。」

他這話是讓李全有聽的。李全有果然聽懂了，繃緊的全身洩了勁。戴教官是要他懂得，他們賭博式的一拼可能會牽累到四十五個女孩和十幾個窯姐。假如進一步激怒日本人，他們可能把教堂夷平，事後再十分方便地找到口實：他們在教堂中遇到中國軍人的抵抗而不得已把教堂變成了戰鬥地點。這樣犧牲的將不止是神父們，還會把女孩們暴露給日本人。戴教官明白如果運氣好，李全有可能會出奇不意地奪下一兩條槍，但激怒的日本人會幹出什麼，他們已從阿多那多拍回的照片上看到了。他們身為軍人，不能保護女人們，已經夠可悲，還要使她們本來已經危險的處境惡化，便是犯罪。

李全有放下了手臂粗的抵門槓。他們走出來，也許還能換得王浦生一線生機。他們慢慢拖著彈傷累累、殘缺不全的身體走了出來。勇猛半生的李全有為自己如此委曲的軍旅結局而流出眼淚。

他們一個架住一個，站在了刺刀前面。

英格曼神父說：「凡是解除了武裝的人，就是無辜者。本教堂有權利對他們提供庇護……」

中佐打斷他：「那是閣下您的解釋。」

「我們可以找國際安全委員會的各國委員來仲裁這件事。要帶走他們，也必須是仲裁之後。」

「閣下，我對您已經快沒有耐性了。」中佐說，他對手下士兵一擺頭：「把他們綁起來。」

「我從來沒有見過這樣的野蠻殘忍的軍隊！」英格曼神父說：「你們已殺了幾十萬南京人，殺人的癮還沒過足嗎？」

他見兩個日本兵用繩子把中國傷員綁在一起，繩子勒住一個傷員的槍傷，他剛一掙扭，就挨了一槍托。另一個傷員去護他，馬上挨了若干槍托。

「看在上帝的面上……」英格曼神父瘋了似的，撲向日本兵。起居袍裡飛出的雪白鵝絨一路隨著他飄：「請制止你的士兵……」他剛靠近就被一把刺刀制止了。刀尖再次戲弄地在他臂膀處劃出個裂口。純白的鵝絨彌漫，英格曼神父周圍下著小雪一般。

李全有向中佐衝去。沒等人們反應過來，他雙手已掐在了中佐的脖子上。日本兵不敢開槍，怕傷著中佐，挺著刺刀過來解救。在士兵們的刺刀插入李全有胸口時，中佐的喉嚨幾乎被兩個虎口掐斷。他看著這個不認識的中國軍人的臉變形了，五官全凸突出來，牙齒也一顆不落地暴露在嘴唇之外。這樣一副面譜隨著他手上力量的加強而放大，變色，成了中國廟宇中的護法神。他下屬們的幾把刺刀在這個中國士兵五臟中攪動，每一陣劇痛都使他兩隻手在脖子上收緊。中佐的手腳已癱軟下來，知覺在一點點離散。垂死的力量是生命所有力量的之最，之總合。

終於，那雙手僵固了。那緊盯著他眼睛的眼睛散神了。只有牙齒還暴露在那裡；結實的、不齊的，吃慣粗茶淡飯的中國農民的牙齒。這樣一副牙齒即便咬住的是一句咒語，也夠中佐不快。

中佐調動所有的意志，才使自己站穩在原地。熱血從喉嚨湧散開來，失去知覺的四肢蘇醒了。他知道只要那雙虎口再卡得長久一點，長久五秒鐘，或許三秒鐘，他就和這個中國士兵一同上黃泉之路了。他感到脖子一陣劇痛，好了，知道痛就好。

中佐用沙啞的聲音命令他的士兵開始搜查。教堂各隅立刻充滿橫七豎八的手電光柱。英格曼神父在原地進入了激情而沉默的禱告。阿多那多眼睛慌亂地追隨著那串蹬上女孩們住宿樓的電筒光，嘴裡完全是揚州鄉野粗話：「……哪是人養的？就是一群活畜牲！……」

日本兵在二樓宿舍發現一群披著棉被，拿著拖把、雞毛撣、掃帚的女孩。她們擠成一團，目光如炬，一聲不吭。

搜查倉庫的三個日本兵沒有發現天花板上一個方形木板是活動的。木板那一面，連著一個可以伸縮的折疊樓梯。窯姐們的杏眼、丹鳳眼正一眨不眨地瞪著它。她們聽著日本兵在倉庫裡翻騰，嘰哩哇啦叫喊著什麼。她們有的丟下了一雙長絲襪，有的遺忘了一隻繡鞋或一個繡花文胸，日本兵正以此為線索苦苦尋蹤。所有的書架、木箱被他們氣急敗壞地挪開，推倒，《聖經》中的古老灰塵飛揚起來，迷住了一個日本士兵的眼睛。窯姐們隔著一層天花板，聽到的就是他叱罵的聲音。沒有比聽不懂的語言發出的兇狠叱罵更可怕了。窯姐們在黑暗中盯著那方形活動板，似乎聽得見彼此的心跳聲。喃呢用滿手的灰土抹了一把臉。玉笙看看她，兩手在四周摸摸，然後把帶污黑蛛蜘網的塵土滿頭滿臉地抹。玉墨心裡發出一個慘笑：難道她們沒聽說？六十多歲的老太太都成了日本畜牲的「花姑娘」。紅菱一個人不去看那方形出入口，只在黑暗裡發楞，隔一分鐘抽噎一下，抽得渾身打冷戰。她看著陳喬治怎樣從活蹦亂跳到一灘血肉，她腦子轉不過這個彎來。她經歷無數男人，但在這戰亂時刻，朝不保夕的處境中結交的陳喬治，似乎讓她生出難得的柔情。她想，天明時世上就再沒那個招風耳、未語先笑的陳喬治了。她實在轉不過這個彎子。紅菱老是聽陳喬治說：「好死不如賴活。」就這樣一個甘心「賴活」，死心塌地、安分守己「賴活」到底的人也是無法如願。紅菱木木地想著：可憐我的喬治。

這時誰問了一句：「把他們綁走，肯定就要殺嗎？」

玉墨說：「廢話。」

紅菱這才一動，像從夢裡醒了。搜查庫房的日本兵這時離那方形出入口很近，就在它下面，他們的獸語似乎就響在同一個空間裡。

紅菱發現玉墨手裡攥著一件東西，一把做針線的小剪刀，不到巴掌大，但極其鋒利。她看見過玉墨用它剪絲線頭，剪窗花。早年，她還用它替紅菱剪眼睫毛，說剪幾回睫毛就長黑長翹了，紅菱如今有又黑又翹的眼睫毛，該歸功玉墨這把小剪子。它從不離玉墨的身，總和她幾件貼身的首飾放在一塊。她知道玉墨此時拿出它要來做什麼。也許她是為那個出國去的雙料博士守身，也許用它為即將永訣的戴教官報仇。只要出其不意，下剪子下對地方，那剪子剪斷一條性命，毫不在話下。紅菱後悔自己平時不珍惜東西，不像玉墨這樣，一把好剪子都當珍寶藏這麼多年。

搜查庫房的日本兵還在嘰哩哇啦說著什麼。喃呢悄聲說：「玉墨姐，把你的剪子分我一半。」

玉墨不答理她，剪子硬掰大概能掰成兩半，現在誰有這力氣？動靜弄大了不是引火燒身？人人都在羨慕玉墨那把剪子。哪怕它就算是垂死的兔子那副咬人的牙，也行啊。玉笙說：「不用剪子，用膝蓋頭，也行。只要沒把你兩個膝蓋捺住，你運足氣猛往他那東西上一頂……」

玉墨「噓」了一聲，叫她們別吭氣。

玉笙的過房爹是幹打手的，她幼時和他學過幾拳幾腿。她被玉墨無聲地喝斥之後，不到一分鐘又忘了，又傳授起打手家傳來。她告訴女伴們，假如手沒被縛住，更好辦，抓住那東西一捻，就好比捻脆皮核桃。使出吗奶的勁，讓他下不出小日本畜牲。

玉墨用胳膊附使勁搗她一下，因為腳下的倉庫突然靜了。似乎三個日本兵聽到了天花板上面的耳語。

她們一動不動地蹲著，坐著，站著，赤手空拳的纖纖素手在使著一股惡狠狠的氣力，照玉笙的說法，就像捻碎一個脆皮核桃，果斷，發力要猛，凝所有爆發力於五指和掌心，

「咔嗒嗒」……

玉墨手捏的精細小剪子漸漸起了一層濕氣，那是她手上的冷汗所致。她從來沒像此刻這樣鍾愛這把小剪刀。她此刻愛它勝於愛胡博士送她的翡翠領針，也勝於早先那個負心漢送她的鑽石戒指。她得到小剪刀那年才十一歲。妓院媽媽丟了做女紅的剪刀，毒打了她一頓，說是她偷的。後來剪刀找到了，媽媽把它作為賠不是的禮物送給她。玉墨從那時起下決心出人頭地，擺脫為一把剪刀受辱的賤命。這剪刀能藏在哪裡呢？最後關頭來到時，從哪兒拔出它才能讓他猝不及防？……

院子裡一陣大亂。倉庫裡三個日本兵跑了出去。

窯姐們這時看見手電筒的光圈中央，是被一個日本兵拖在地上的王浦生。只剩一條腿的小兵王浦生幾乎沒穿衣服，只穿著各種繃帶。地上的雨水積了水窪，那個日本兵像拖木料一樣把渾身繃帶的王浦生從水窪裡拖過去。

紅菱說：「狗日的！狗都不如！……」

才做了截肢手術的王浦生在地上蜷縮成一團。其實他還沒有渡過感染的危險期，高燒仍是退退升升。

玉墨額頭抵住窗欄，看見戴教官踉蹌一下，要去攙扶水窪裡的王浦生。但他忘了手臂上綁的繩子牽住另外兩個人，拖得兩個人都跟他趔趄，險些相互絆倒。

玉墨見英格曼神父走到那個日本兵軍官面前，深深低下白髮蒼蒼的頭。她聽不清他在向他求什麼。無非在求他饒了王浦生，他還是個孩子呢，再說還不知能活幾天。

王浦生突然發出一聲怪叫：「我操死你八輩日本祖宗！……」

中佐立刻向翻譯轉過頭。

王浦生接著怪叫：「日死你小日本姐姐，小日本妹妹！……」

翻譯簡單翻了一句，中佐抽刀就向王浦生劈下去。

玉墨一下子捂住眼睛。幾天前豆蔻還傻裡傻氣的要彈琵琶討飯和這小兵白頭偕老的呀。這時一對小兩口一個那樣留在陽世，一個這樣身首異處。

紅菱捺住玉墨瑟瑟發抖的流水肩。

中佐命令手下士兵把剩下的三個中國傷兵推到院子當中，吠叫著：「列隊！第一排——預備！……」

窯姐們當然不知他喊的是什麼口令，只見日本兵四個一排列起隊伍，在另一聲口令下操起步槍，然後瘋人一般狂喊起來。他們一個躍進，刺刀已插在中國傷兵的胸口、腹內。第一排的士兵拔出刺刀，同時將倒下中國傷兵扶起，第二排刺刀又上來。

玉墨發現自己正「嗚嗚」大哭。她從窗口退縮，一手死死捏住那把小剪刀，一手抹著澎湃而下的淚水，手上厚厚的塵土，抹得她面目全非。她是愛戴教官的。她是個水性楊花的女人，一顆心能愛好多男人，這五個軍人她個個愛，愛得腸斷。

*

公元一九三七年十二月二十一日清晨，死城一般的南京像一個古老的惡夢。一條被日本兵燒毀的街道，漆黑的煙梟梟上升。一個滿臉塗著炭灰和父母血跡的孩子，坐在焦土上大哭。孩子的哭聲停頓下來，因為他聽到有人在唱歌。

離這裡三里路的美國聖瑪麗教堂裡有一群女孩在唱歌。

日本兵的早操隊伍從馬路上跑過，其中有幾個天主教徒，他們想：昨夜死了什麼人，這是在為他唱「安魂曲」呢。這個支那人的野蠻骯髒城市，也會有這樣聖潔的歌喉呢。

唱「安魂曲」的女孩中，站著我十四歲的姨媽書娟。在這天的清晨，她和她的女同學們梳洗著裝完畢，用白色宣紙做了幾百朵紙花。她們把簡陋的花圈抬到禮拜堂門口，見玉墨帶著十一個窯姐已在堂內。是她們幫著阿顧替死去的五個中國軍人淨身更衣的。她們還用剃刀幫他們刮了臉。王浦生的頭和殘缺的身體已歸為一體，玉墨把自己一條細羊毛披肩圍在他脖子的斷裂處。她們見女孩們來了，都以長長的凝視和她們打個招呼。

只有書娟的目光匆匆錯開去。她的那股火辣辣的仇恨不在了，但她心裡還在怨恨，在想著世上不值錢、不高貴的生命都耐活得很，比如眼前這群賣笑女人，而高貴者如這些勇士，都是命定夭折，並死得這般慘烈。

她看妓女們全穿著素色衣服，臉色也是白裡透青，不施粉黛的緣故。趙玉墨穿一襲黑絲絨旗袍，守寡似的。她的行頭倒不少，服喪的行頭都帶來了。書娟很想剜她一眼，又懶得了。妓女們鬢邊一朵白絨線小花，是拆掉一件白絨線衣做的。書娟跟著女同學們把花圈擺置在講壇下面，又按阿多那多的指揮掛起輓聯。在講壇後面，十字架上的受難耶穌被阿顧趕著油漆了一下。

英格曼神父身穿黑色呢教袍。這是他最隆重的一套服飾，長久不穿而被蟲蛀得大洞小眼。他一頭銀白色的頭髮梳向腦後，戴著沉重教帽，杵著沉重的教杖走上講臺。

葬禮開始了。

「安魂曲」的前奏剛剛奏響，書娟就流下眼淚。我姨媽書娟是個不愛流淚的人，她那天流淚連她自己也很意外。她向我多次講述過這五個中國戰士的死亡，講述這次葬禮，總是講：「我不知到底哭什麼，哭那麼痛。」老了後書娟成了文豪，可以把一點感覺分析來分析去，分析出一大堆文字，她分析她當時流淚是因為她對人這東西徹底放棄了希望：人怎麼沒事就要弄出一場戰事來打打呢？打不了幾天人就不是人了，就退化成動物了。而動物也不吃自己的同類呀。這樣的忍受、躲避、擔驚受怕，她一眼看不到頭。站在女伴中唱起婉約悲憫的「安魂曲」的書娟，眼睛淚光閃閃，看著講壇下的五具中國戰士遺體。她從頭到尾目睹了他們被屠殺的過程。人的殘忍真是沒有極限，沒有止境。天下是沒有公理的，否則一群人怎麼跑到別人的國家如此撒野？把別人國家的人如此欺負？她哭還因為自己國家的人就這樣軟弱，從來都是受人欺負。書娟哭得那個痛啊，把沖天冤屈都要哭出來。

上午九點，他們將死者安葬在教堂墓園中。葬禮剛結束，一輛標著紅十字的卡車開到教堂門口停下來，下來一位高大的西洋女士。英格曼神父和法比·阿多那多把她迎到禮拜堂大廳，她看了一眼所有的女孩，低聲說：「孩子們，我為昨天夜裡發生的事特地來安慰你們。」

英格曼神父這才想到自己的神思過分恍惚，竟忘了向女孩們介紹這位女士。

「孩子們，這就是惠特琳女士，金陵女子文理學院的教務長。」英格曼神父從大廳的甬道把惠特琳女士領到女孩們面前。

女孩們中間有不少人聽說過惠特琳，被她一一擁抱時都膽怯地用英文對她說：「幸會，多謝女士來看望我們。」

要過許多年，女孩們才得知這位美國女子在此後不久就患上了精神抑鬱症。誘因很可能正是這場慘絕人寰的大屠殺。她們還得知她因為目睹了太多慘不忍睹的地獄場景，在日軍占領南京後第三年回到美國，為她日趨嚴重的抑鬱症就醫，卻已經太晚。她在回國的第二年便自盡了。

從惠特琳生命的終極倒數回去，那是她永別世界前的第三個年頭。她高大而健壯，穿一身駝色羊毛大衣，告訴女孩們：「中國不會亡，不要難過，擦乾眼淚。」她從大衣口袋裡拿出一張紙，說這是一張名單，叫到名字的女孩，將隨她去安全區。她受這些女孩家長的囑託，把她們接到她們父母身邊去。她們的父母已聽說了昨夜教堂裡發生的事，認為教堂已不再安全。另一些家長顧慮安全區內過分擁擠，流行病不斷發生，難民間也時而為衣食住行而衝突，並且，日本兵常常闖進去，找各種藉口作惡。所以他們還是讓自己的女兒繼續耽在教堂。惠特琳念了名單之後，二十一個女孩匆匆整理了行李，隨車離開了教堂。

當天晚上，又有三個女孩離去，她們的父母要帶她們從江上乘船逃走。

我姨媽書娟站在嚴重減員的唱詩班裡，感到前景叵測。她想去找英格曼神父懺悔。她的懺悔內容是對自己父母的怨恨和詛咒。但她是一直到聖誕夜的大事件發生之後，才把這番延拓的懺悔完成。她懺悔的內容有所改變，主要說的是她那未遂的罪惡——用燒紅的火鉗子給趙玉墨來一番毀容。假如聖誕夜的大事件不發生，十二位窯姐不被擄走，她或許不會懺悔那次差點成功的毀容報復。書娟很要面子，不願把自己的家醜講給任何人聽，神父也休想知道她父親和窯姐的醜事。聖誕夜卻出了事，就是我正在寫的故事的核心部分。我姨媽書娟在她的一些女同學被父母接走後，心裡再次狠狠清算了趙玉墨。但她打算只懺悔一半實情。在她們這類女孩中，假懺悔反正很普遍，這也是我姨媽後來變成徹底的唯物主義者的原因之一。書娟是在一九三七年十二月二十七日向英格曼神父懺悔的。那是聖誕後的第二天，被日本兵擄走的十二個美豔窯姐芳蹤杳然。書娟走到懺悔廂邊上，慢慢跪下，開始了她一生中最誠實、最長久的一次懺悔，也是她一生中最後一次懺悔。英格曼神父坐在懺悔廂的厚簾子那一面，發現這位懺悔者一聲不吭，已跪下了有十分鐘。他長長地噓了口氣。一般來說，英格曼神父從不催促懺悔者，也很少插話。他知道有難言之隱的懺悔者催不得，一催就言不由衷。書娟也跟著他長噓一口氣。這半個月出了一連串的事讓十四歲的女孩也發出如此蒼老的長噓來。僅僅是這教堂之內，這方圓零點三華里的地盤上，暴行醜劇，也是一場接一場地演出。

書娟開口了。她說那天夜裡，她躲在倉庫門外的黑影裡，手捏一把燒紅的火鉗，想著那燒焦的皮肉冒起青煙，發出「茲茲」聲響，心裡升起魔鬼般的快感。這快感或許離日本野獸砍下王浦生頭顱的快感不遠了。書娟慢慢地說著，說到她和玉墨的幾次對視，她覺得玉墨知道她是情人的女兒。她看出玉墨想和解，哪怕跟她解釋幾句。但她從來不給她機會。她要她明白不是什麼人都配跟胡博士的女兒說話的。直到日本兵把玉墨押上卡車，玉墨向那日本人羞澀一笑，她才明白此生不再會有與她交談的機會了。玉墨對日本兵那一笑，得多大膽量多少智謀。就在那一刻，書娟想到一個詞。假如這個詞能剝去自古以來的貶義該多好：笑裡藏刀。

英格曼神父沒有發言。對於書娟那次未遂的毀容報復，他一個字的評說也沒有。他平淡地告訴書娟，她已得到上帝的寬恕了。

我姨媽書娟生怕自己將來會把聖誕夜事件記亂掉，就把寫了下來。她把它寫成一篇書信體的記敘文，寄給了她的父母，舅舅、舅媽。我讀到過這篇變黃發脆的文章。現在我根據她的文章以小說體來轉述一遍。我爭取忠實於原稿。

公元一九三七年的十二月二十四日下午，書娟和女同學們在幫阿多那多拆除靈堂。潮冷的空氣使淡淡的血腥凝結了。沒有聖誕樹，也沒有禮物，他們將在每行座椅扶手上點一根蠟燭。

窯姐們在伙房預備聖誕晚餐。沒了陳喬治，她們只好把每人那一點廚藝拼湊起來。惠特琳女士送來兩隻雞，兩隻醃鵝，玉墨正把大米和填入鵝腹內，大致是填聖誕火雞的做法。天剛剛暗下去，阿顧跑來，說日本人又在前門打門鈴。

女孩們和窯姐們正要找地方躲避，院牆上已是一片黃顏色：至少有一百個日本兵爬上了牆頭。他們的大佐手捧一盆「聖誕紅」，彬彬有禮地在正門外面一遍一遍地打門鈴。

英格曼神父打開門上的方孔，對強行造訪的大佐說：「你們不是不喜歡走正門嗎？」

「聖誕快樂，尊敬的神父。」大佐皮靴上的馬刺碰出悅耳的「叮噹」聲來，同時深深一鞠躬。大佐的英文發音很糟，但用詞都正確。

英格曼神父看見馬路邊停一輛裝飾考究的馬車。「你們想幹什麼？」

「來恭賀聖誕。」大佐說。

「一兩百士兵荷槍來慶祝我們的節日？」英格曼神父說。

「能不能請閣下開門？」

「開不開門對你們有什麼區別？」

「閣下說得一點不錯，既然沒區別，何妨表示點禮貌。」他戴金絲邊眼鏡，微笑極其文雅，剝掉一身軍裝，誰都會認為他是那種在某個銀行、某個「株式會社」混得不錯的職員。

英格曼神父卻調轉身走開。

「閣下，激怒我這樣的客人是很不智的！」他文質彬彬地在門外說道。

英格曼神父停下來，回答道：「對瘋子來說，激怒不激怒他，毫無區別！」

他是絕不會放這群穿黃色軍服的瘋子們從正門進來的。他剛從前門走回，院子裡已經是黃色軍服的洪荒。他見剛才那位文雅大佐正騎在牆頭上，欲往下跳，他用眼睛死死盯住他。他知道女孩們現在只要一看見這種黃顏色就渾身緊縮。

「這回要搜查誰呢？」阿多那多擋在禮拜堂大廳門口。大廳裡有二十一名女孩子。

「要我怎樣才能解除你們的誤會呢？」大佐說，眉間出現一點兒苦楚。「我們真的是一腔誠意而來。能在這個國家和你們共度聖誕，不能不說是神的旨意。」

英格曼神父盯著他，深陷的眼窩裡，灰藍的目光冷得結冰。

「好的，我接受你們的祝賀，現在你們可以走了。」英格曼神父說完，自己便向大門口走去。美國人逐客或送客，總是自己領著客人往門口走，然後替客人拉開門。

「等等。」大佐說。

英格曼神父停下來，卻不轉身，背影是「早料到如此」的表情。

「我們的節日慶祝活動都沒開始呢。」

「這是一個神聖的節日，不是所有的人都配參加慶賀的。」

「完全正確。」大佐說，「我們司令部今夜要舉行隆重慶典，司令長官要我來邀請幾位尊貴的客人。」他從旁邊一個提公文包的軍官手裡接過一個大信封，上面印有兩個中國字：「請柬」。

「領情了，不過我是不會接受邀請的。」英格曼神父手也不伸，讓那張請柬，在他和大佐之間尷尬著。

「閣下誤會了，我的長官請的並不是您。」大佐說。

英格曼迅速抬起臉，看著大佐微垂著頭，眉眼畢恭畢敬。他一把奪過請柬，打開信封，不祥預感使他患有早期帕金森症的手大幅度抖顫。請柬是發給唱詩班的女孩的。

「無恥！」英格曼神父把請柬扔在地上。

架著木拐的阿多那多撿起它，讀了一遍，楞了，再去讀。第一遍他不相信自己的眼睛，第二遍他其實一個字也讀不進去，滿腦子都是「怎麼辦？完了！完了！……」

「她們都只有十二、三歲，從來沒離開過父母……全是孩子啊……」阿多那多說，他現在是一副乞婦的聲調和表情。

「唱完之後，我保證把她們護送回來。」

「沒有商量餘地。」英格曼神父說：「邀請被謝拒。」

大佐笑了笑。他身邊士兵似乎看懂了他這笑，周圍出現一片微妙的聲響：槍、刀、肌肉都進入了狀態，都就緒了。

「聖誕節，真不想弄得不愉快。」大佐說。

阿多那多看看打算以命相拼的神父，對大佐說：「邀請來得太突然了。孩子們都沒有準備，總得給她們一些時間，讓她們換換衣服。要知道，這樣的儀式是必須洗澡洗頭，換上大禮服的。」

英格曼神父打斷他：「你以為他們真是要聽唱詩？禽獸需要聽唱詩嗎？」

阿多那多趕緊用中文說：「拖延一小時，是一小時。」

大佐說：「拖延是沒用的。」他猜出阿多那多的用心了。「電話也不必打了，線路已經被掐斷。」

「您總得允許我們向孩子們解釋一下，不然這些小姑娘會嚇壞。都嚇壞了，還怎麼唱呢？」阿多那多說。畢竟在中國長大，他的思路曲折一些，也懂得好漢不吃眼前虧的周旋技巧。

英格曼神父這才認為阿多那多是機智的：能拖多久是多久，拖延中或許會發生轉機。也許國際安全委員會會派代表來祝賀聖誕。或許某個西方報刊的記者會心血來潮，突然來此地採訪。奇蹟若發生，也只能發生在延拓的時間裡。

大佐和身邊拎公文包的軍官低聲商量了幾句，轉向英格曼神父：「給你半個小時。」阿多那多見英格曼神父還想討價還價，迅速向他使了個眼色，同時說：「謝謝。不過請大佐先生把您的部隊帶出去，否則很難消除孩子們的恐懼。」

大佐猶豫一陣，認為阿多那多言之有理，便向一片黃色吼喊一聲。眨眼間，日本士兵們撤出門去。

女孩子們聽見了院子裡的對話。她們見英格曼神父和阿多那多走進大廳，全是滿臉空白。這種魂飛魄散的空白更讓英格曼神父心痛。他說：「孩子們，只要我活著，誰也不會傷害你們，禱告吧。」

女孩們慢慢坐到前排椅子上，垂下頭，閉上眼。英格曼神父知道她們的靜默是一片哭喊求救。

阿多那多說：「我去一趟國際安全委員會。」

「來不及了。」

「你在這裡和他們周旋，爭取拖延到我回來。」

「他們會讓你永遠也回不來！」

「總比不去強！」

「我跟孩子們一塊去。」英格曼神父說：「我盡最大的力量保護她們。」

「沒用的！對這些畜牲，等於多送一條性命上門去。他們一天殺多少人，南京城一天死多少人？不明不白死你一個美國孤老頭兒，太簡單了！……」阿多那多大聲吵嚷，這是他頭一次用村野俗夫的嗓音和他尊貴的英格曼神父說話。

天完全黑了。彌撒大廳裡所有的燭火傾斜一下，晃了晃，又穩住。英格曼神父回過頭，見玉墨和她十二個姐妹走進門。

「神父，我們去吧。」玉墨說。

阿多那多沒好氣地說：「去哪裡？」

「他們不是要聽唱詩嗎？」玉墨在燭光裡一笑。不是耍俏皮的時候，可她俏皮得如此相宜。

「白天就騙不過去了。反正是晚上，冒充女中學生恐怕還行。」玉墨又說。

她身邊十二個窯姐都不說話，紅菱還在吸煙，吸一口，眉心使勁一擠，貪饞無比的樣子。

「她們天天唱，我們天天聽，聽會了，」喃呢說。

「調子會，詞不會，不過我們的嘴都不笨，依樣畫葫蘆唄。」玉笙說。

英格曼神父看看玉墨，又看看紅菱。她們兩人的髮式已變了，梳成兩根辮子，在耳後綰成女學生那樣的圈圈，還繫了絲綢的蝴蝶結。

紅菱把煙頭扔在地上，腳狠狠捻滅火星。「沒福氣做女學生，裝裝樣子，過過癮。」

阿多那多心裡一陣釋然：女孩們有救了。但他同時又覺得自己的釋然太歹毒，太罪過。儘管是些下九流的賤命，也絕不該做替罪羔羊。

「你們來這裡，原本是避難的。」英格曼神父說。

「多謝神父，當時收留我們。不然我們這樣的女人，現在不知給禍害成什麼了。」玉墨說，「我們活著，反正就是給人禍害，也禍害別人。」玉墨又是那樣俏皮，給兩個神父飛一眼。她腰板挺得過分僵直，只有窯姐們知道，她貼身內衣裡藏了那把小剪刀。

窯姐們把能做暗器的東西全藏掖到身上了：牛排刀、水果刀、髮釵。走運的話，一根髮釵可以賺他一隻眼珠子。什麼樣的女子她們不會裝呢？羊羔一樣溫馴的女中學生也可以裝得維妙維肖。然後他們便放下警覺，打算美美地享用她們一場。牛排刀、廚刀、髮釵在這當口亮出來。假如走天大的運，扎瞎他眼珠子之後再奪下他的武器，聖誕夜就變成狂歡夜了。

窯姐們穿上白紗襯衫，黑色長裙的唱詩班的大禮服時，門鈴又被打響。女孩們發現她們真像一群不諳世事的小姑娘，一人手裡拿著一本樂譜，以及一本燙金皮面的《聖經》。

女孩們和窯姐們匆匆看一眼，誰和誰都未來得及道別。

書娟始終看著趙玉墨。她看見玉墨在用手絹擦拭口紅。她擦得又狠又猛，然後轉臉讓紅菱看看她。紅菱接過手絹，放在舌尖上潮了一下，替她擦去為聖誕夜精心描畫的柳眉。

女孩們又開始閉目祈禱時，聽到阿顧大聲喊「等等，就來開門！」然後她們聽見沉重的鐵門打開。

她們睜開眼，回過頭。又是一院子縱橫交錯的手電筒光柱，從窗簾的縫隙和破洞透進來。

只有書娟一人走到窗子邊上，看見十三個白衣黑裙的少女排成兩排，被網在光柱裡。排在最後的是趙玉墨，她發現大佐走到她身邊，本能地一躲。但又側過臉，朝大佐嬌羞地一笑。像個小姑娘犯了個小錯誤，卻明白這一笑就討到饒了。日本人給她那純真臉容弄得一暈。他們怎樣也不會把她和一個刺客聯繫到一起了。

寫於二〇〇五年十月

為紀念南京大屠殺六十八年

嚴歌苓作品

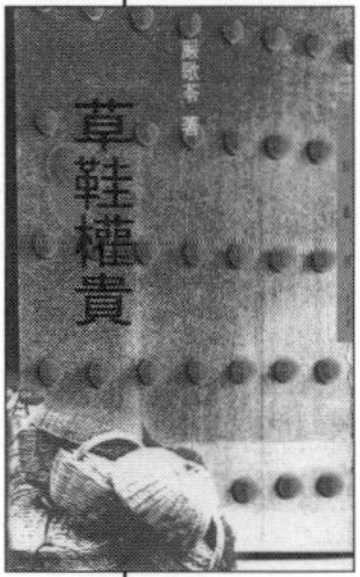

【三民叢刊 113】

草鞋權貴

「冤孽間相互的報復便是冤孽式的愛情與親情?……這一家子，這一世界就這樣愛出了死，怨出了生。」從小鎮來到北京程家幫傭的少女霜降，通過自己與程家三個男人間複雜曖昧的關係，經歷了豪門內的荒唐人生，也見識到這個權貴家族的樓起樓塌。

【三民叢刊 124】

倒淌河

內容包括十個短篇及一部中篇小說〈倒淌河〉，並以此為主流，橫貫所有的時空。不帶男女性徵的愛情故事，漢族男子與藏族小女孩隔著文化鴻溝的情感對話，由「渺小」到「偉大」的荒誕悲劇……（本書收錄電影「天浴」的原創小說）

【三民叢刊 211】

誰家有女初養成

經歷婚姻、兇殺、逃亡，似是而非的戀愛；一對男女違背天性，「炮製」孩子的荒誕悲劇；一場迷戀的起始，背叛而終的情感旅程。

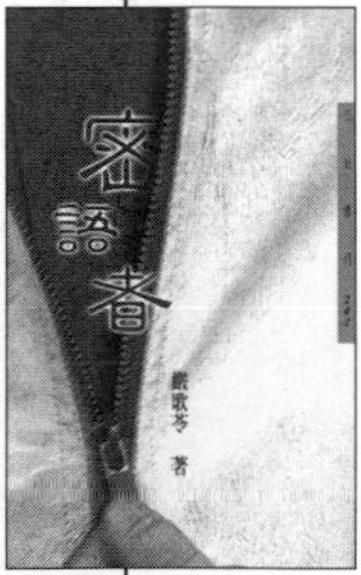

【三民叢刊 282】

密語者

●中央副刊每日一書推薦

一張床上的兩個人，居然像一個星座的兩顆星，原以為是伸手就可以擁抱的距離，卻存在百萬光年的陌生。書中的兩個中篇小說，其主題均圍繞著鴻溝般的婚姻，赤裸的感情如針刺般在扉頁間留下墨色血漬，讀來格外令人心驚。

【文學 002】

極限情況　　鄭寶娟　著

揮別抒情時代，生命的戲謔、無奈，令人啞然失笑或不見容於世俗的故事，鄭寶娟一一挑戰。無論是惡疾、死亡、謀殺、背叛，涉獵的主題或重大或繁瑣，思想視域總是逸出主流意識形態，提供審視人生瑣事和尋常生活圖景的全新角度。

【文學 004】

你道別了嗎？　　林黛嫚　著

●民國94年中山文藝創作獎、聯合報讀書人書評推薦

你知道每一次道別都很珍貴，你無法向那些不告而別的人索一句再見，但是，你可以常常問問自己，你道別了嗎？作者在這本散文集中，除了以文字見證生活經驗之外，更企圖透過人稱轉換造成距離感，以及小說化的敘事筆調呈現散文的瀟灑文氣。

【文學 005】

源氏物語的女性　　林水福　著

這是一本將《源氏物語》普及化的讀物。除了介紹《源氏物語》的相關知識外，更細膩刻畫了其中十九位重要的女性，從容貌、言談、舉止到幽微的情感和思緒，讓我們彷彿在觀賞十九幅的女性素描畫像，她們的喜和怒，樂和怨都深深牽動著我們的視線和情緒。

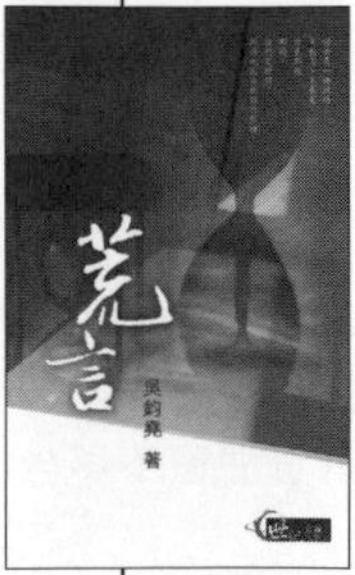

【文學 007】

荒　言　　吳鈞堯　著

當時間緩慢而堅決地自生命的罅隙滲漏流逝，記憶如沙堆疊、崩落、四散。作者將凝放在時空裡的過去，收拾成一篇篇記錄自我生命軌跡的「隻字荒言」，面對著一切的終將消逝，「我們何其淺薄，又何其多情」。唯有在對逝去歲月的眷戀凝視中，才能把告別的哀傷，化為一股持續奮起的力量。

國家圖書館出版品預行編目資料

太平洋探戈／嚴歌苓著.——初版一刷.——臺北市：三民，2006
面；　公分.——(世紀文庫:文學008)

ISBN 957-14-4561-4　(平裝)

857.63　　　　95009550

著作人　嚴歌苓
發行人　劉振強
著作財產權人　三民書局股份有限公司
臺北市復興北路386號
發行所　三民書局股份有限公司
地址／臺北市復興北路386號
電話／(02)25006600
郵撥／0009998-5
印刷所　三民書局股份有限公司
門市部　復北店／臺北市復興北路386號
重南店／臺北市重慶南路一段61號
初版一刷　2006年6月
編　號　S 856960
基本定價　參元捌角
行政院新聞局登記證局版臺業字第○二○○號

ISBN　957-14-4561-4　(平裝)

http://www.sanmin.com.tw　三民網路書店